元·耶律楚材 撰

湛然居士集

（一）

中國書店

詳校官中書臣孫球

臣紀昀覆勘

御製讀耶律楚材扈從羽獵因有詠

耶律本遼種所事又元君不可忘其初未宜徒脩文況實君倚重卓為開國臣居然橐弓矢何以示同羣味其詩所稱儼欲似漢人寬衣而博帶恥與武夫倫設在趙子昂固當如是云匪徒薄耶律戒後意良勤

欽定四庫全書　集部五

湛然居士集　別集類四　元

提要

臣等謹案湛然居士集十四卷元耶律楚材撰楚材字晉卿遼東丹王八世孫金尚書右丞履之子從太祖平定四方太宗時官至中書令至順元年追封廣寧王謚文正事迹具元史本傳耶律或作移剌蓋譯語之訛焦竑

經籍志以爲兩人非也是集所載詩爲多惟第八卷第十三卷十四卷稍以書序碑記錯雜其中編次殊無體例疑傳寫者亂之史稱其旁通天文地理術數及二氏醫卜之説宜其多有發揮而文止于斯不敵詩之三四意者尚有佚遺歟然十四卷之數與諸家著録皆符或經國之暇惟以吟咏寄意未嘗留意于文筆也王士禛池北偶談摘録其贈李郡

王筆寄平陽閒老和陳秀玉韻贈富察元帥河中遊西園壬午元日諸詩以爲頗有風味而稱其集多禪悅之語考僧行秀所作集序稱楚材年二十七受顯訣于萬松盡棄宿學其耽玩佛經蓋亦出于素習平水王鄰則曰

按元裕之中州集載右相文獻公詩又稱趙閒閒爲吾道主盟李屏山爲中州豪傑知晉卿學問淵源有自來矣故旁通諸極而要以

儒者為歸云云今觀其詩語皆本色惟意所
如不以研鍊為工雖時時出入内典而大旨
必歸于風教鄰之所云殆為能得其真矣乾
隆四十九年二月恭校上

總纂官臣紀昀臣陸錫熊臣孫士毅

總校官臣陸費墀

湛然居士集序

士君子困而後學老乃思歸闕　流猶賢乎已
屏山年二十有九閱闕　性書知李習之亦二十有
參藥山而退著大發感嘆曰抵萬松深攻亟擊退而著
三十餘萬言内藁心學諄諄大半睎顏早立亞聖生知
追繹先賢試難倒指闕　堪然居士年二十
有七受顯訣於萬松其法忘死生外身世毀譽不能動
哀樂不能入湛然大會其心精究入神盡棄宿學冒寒

暑無晝夜者三年盡得其道萬松面授衣頌目之為堪
然居士從源自古宗師印證公侯明白四知無若此者
湛然從是自稱嗣法弟子從源自古公侯承稟宗師明
白四知亦無若此者萬松一日過其門見執菜根蘸油
鹽飯脫粟萬松曰子不太儉乎曰圍閉京城絕粒六十
日守職如恒人無知者以至闕扈從西征六萬餘里歷
艱險困行役而志不少沮跨崑崙瞰瀚海而志不加大
客問其故而曰汪洋法海涵養之力也若乃詈聖安而

成賛戲清溪而發機行九流而止縱横立三教而靡邪僞外則含弘光大禦侮敵國之雄豪内則退讓謙恭和好萬方之性行世謂佛法可以治心不可以治國證之於湛然正心修身家肥國治之明効吾門顯決何愧於大學之篇哉湛然嘗以此訣忠告心友時無識者慨然曰唯屏山閑閑可照吾心耳噫嘻雖欲普慈兼濟天下後世末由也已嘗和友人詩曰贈君一句直截處只要教君能養素但能死生榮辱哀樂不能羈存亡進退盡

是無生路至於西天三步遠東海一杯深老作衲僧未易及此使裴公美張無盡見之當歛衽焉盖片言隻字出於萬化之源膚淺未臻其奥者方且索之于聲偶鍛鍊之排正如檢指蒙學對句之牧豎望涯于少陵詩史者矣加以志天文以草西歷翫焦桐而賛南風在爕理為難能湛然之餘事或謂萬松澗論無乃夸誕乎曰王從之雷晞顔王禧伯尚不肯屏山閑閑形于論辯萬鍛炎鑪不停蚊蚋宜乎子之難信也吾待來者千載一人豈獨為子設耶

甲午年仲冬晦日萬松野老行秀中夜秉燭序

欽定四庫全書

湛然居士集卷一

元　耶律楚材　撰

和黄華老人題獻陵吴氏成趣園詩

雪溪詞翰輝星斗紙蠧塵蒙詩一首湛然揮墨試續貂
囁嚅使人難出口下年彭澤解官去遨遊三徑真三友
悠然把菊見南山暢飲東籬醉重九獻陵吴氏治荒園
成趣為名良可取養高不肯事王侯閒卧林泉了衰朽

今年扈從過秦川可憐尚有蕭條柳歸計甘輸吳子先
麗詞已後黃華手知音誰聽斷絃琴臨風痛想紗巾酒
嗟乎世路聲利人不知曾憶淵明否

和平陽王仲祥韻

一聖揚天兵萬國皆來臣治道尚玄默政簡民風純明
明我嗣君寬詔出絲綸洪恩出四海聖訓宜書紳逆取
乃順守皇威輔深仁貪饕致天罰長吏求良循河表背
盟約羽檄飛邊塵聖駕親祖征將安億兆人湛然陪扈

從書劔猶隨身翠華次平水草木咸生春冰嵓上新句
文質能彬彬冰雪相照映珠玉如横陳詩筆居獨步唐
都一逸民聖政罔二三裁物惟平均綜名必核實求儒
務求真經術勿踈隳筆硯當可親竚待寰宇清園丘祀
天神選舉再開闢仲祥當超倫一旦騰達時獻策宜詵
詵

和李世榮韻

聖主題華旦熊熊羆百萬强兵行從紀律敵潰自奔忙百

谷朝滄海羣陰畏太陽黎民歡仰德萬國喜觀光堯舜
規模遠蕭曹籌策長巍然周禮樂盛矣漢文章神武威
兼德徽猷柔濟剛自甘頭戴白誤受詔批黄我道將興
啟吾儕有激昂厚顔懸相印否德忝朝綱佐主難及聖
為臣每願良翠華來北闕黄鉞討南疆明德傳雙葉寛
仁洽萬方九服無不軌四海願來王兵革雖開創詩書
何可忘洪恩浮曉露嚴令肅秋霜符應千齡運功垂萬
世昌緜緜延國祚煌煌受天祥多士咸登用羣生無敗

戕此行將告老松菊未全荒

和李世榮見寄

雲横北海西驛騎來天際梅軒真可人新詩遠相惠其聲若良金其臭如芳蕙文豔理無華詞雄言不侈筆力似黄山驚浪雲奔勢犀象牙角新蠆蜂鍅尾細遥想醉衘盃梅塢清陰翳閒散玉麒麟可得羈而係吾子卧東山誰治今之世好陳十漸書毋用六奇計萬里入龍庭何須嘆迢遞時方涉大川舟楫須君濟

和李世榮韻

多謝梅軒不惜春聲詩來寄格清新詞源莫測波千頃筆力能扛鼎萬鈞憂國心情常悄悄閒居容止自申申誰知版蕩中原後蕭洒河東有若人

再用其韻

梅軒相别又三春别後文章與日新不分散材需造化好將幽隱入陶鈞我遊北海年垂老君卧南陽志未伸遥想冰魂正無恙一枝迴施隴頭人

又索六經

我愛平陽李世榮一番書史再鐫銘欲令吾子窮三傳故向君家乞六經簡册爍然新制度文章宛爾舊儀刑莫教幼稚空相憶日日求詩到鯉庭

和移剌繼先韵三首

澤民我愧無術畧且著詩鴻慰離索詩書滿載升金山絃歌不輟踰松漠世上元無真是非安知是今而非昨連城美玉涅不緇百鍊真金光愈爍已悟真如匪去來

自然胸次絶憂樂斷夢還同世事空浮雲恰似人情薄
尚記吾山舊隱居松風蕭瑟松花落枕流漱石輕軒車
吟烟嘯月甘藜藿春山寂寂春溪深蕭條庭户堪羅雀
而今不得安踈慵自笑絛籠困鵰鶚勉力龍庭上萬言
男兒志不忘溝壑
當年不肯讀三畧獨抱遺經伴閒索流行坎至不尤人
自甘萬里渉窮漠富貴榮華能幾時生死都來如夢昨
千年興廢漚浮沈百歲光陰電飛爍常笑梁鴻歌五噫

竊學榮啟彈三樂未能仁義戢干戈勉將敦厚懲澆薄
近有人從故隱來黃花無限開離落問渠林肉與丘糟
奚如麥飯而羹藿又聞麋鹿滿姑蘇阿瞞不復遊銅雀
塗中曳尾希莊龜江夏沈舟悲禰鶚吾山佳處歸休乎
麑逸平林魚縱壑
祖道門庭元簡畧兒孫草裏添芒索擬心鷂子過新羅
起念白雲橫大漠迴殊四句有無中元非三際來今昨
大海纖塵一點飛洪爐片雪寒光爍寧論業障本來空

半偈徒誇寂滅樂細切清風非異事更將明月剸來薄玲瓏四面亦無門充塞十方絕壁落羅列珍羞渠不食癡人猶自貪藜藿紙圖龍頷摘明珠誰知虎口存活雀坐脫猶迷一色邊崎嶇鳥道（一作去路）橫秋鶚可笑人間荆棘林死者填溝空寒壑

和薛伯通韻

滴滴秋光溢遠山穹廬寥落酒瓶乾（一作寒天空澗雁聲乾）詩章平淡思居易禪理縱橫憶道安不忿西風霜葉脫難禁

秋雨菊花殘閭山舊隱天涯遠夢裏思歸夢亦難

鹿尾

鑾輿秋獮獵南岡鹿尾分甘賜尚方濃色殷殷紅玉髓微香馥馥紫瓊漿韭花酷辣同葱薤芥屑差辛類桂薑何似羶根釀濃液邀將詩客大家嘗一作流匙滑飫大家嘗

過金山用人韻

雪壓山峯八月寒羊腸樵路曲盤盤千岩競秀清人思萬壑爭流壯我觀山腹雲開嵐色潤松巔風起雨聲乾

光風滿貯詩囊去一度思山一度看

過雲中贈别李尚書

誰識雲中李謫仙詩如文錦酒如川十畝良園君有趣一塵薄土我無緣舊恨嘗來春夢裏新吟不到客愁邊明朝分手天涯去他日相逢又幾年

和裴子法韻

頃觀子法跋白蓮社圖斥淵明攻乎異端吾子不惑所學主張名教真韓孟之傳亞也昔巢由避天

下而遠遁堯舜受天下而不辭以致澤施於萬世名垂於無窮是知潔己治天下各有所安耳夫清虛玄默樂天真而自適者也焦勞憂勤濟蒼生爲己任者也二道相反甚於冰炭使堯舜巢由易地則皆然後之世亂臣賊子窺伺神器狐媚孤兒寡婦扼其喉以取天下者聞巢由之風亦少知媿矣然則巢由之功豈可少哉棄亨天下之大樂而且希物外之虛名者豈人情也邪文中子有言虛玄起

而晉室亡斯豈莊老之罪與蓋用之不得其宜也以虛玄之道治天下其猶祁寒御單葛大夏服重裘自底斃亡豈裘葛之罪哉昔晉武一統之始不為後世之遠謀何曾已識之既而禍難繼作骨肉相殘屠戮忠良進用讒佞雖元凱復生亦不能善其後矣大廈將顛非一木所能支獨淵明何能救其弊哉適丁天地不交萬物不通君子道消小人道長之時淵明見幾而作掛印綬而歸結社同志

安林泉之樂較之躁進苟容於小人之側者何啻九牛毛邪以淵明之才德假使生於堯舜湯武之世又安知不與臯夔伊周並驅爭先哉宣尼有云用之則行舍之則藏又云進退存亡不失其正者其唯聖人乎斯亦名教之內昭昭可考者也何責淵明之深也余嘗謂否則卷而懷之以簡易之道治一心達則擴而充之以仁義之道澤四海實古今之通誼也因用子法遊姑射元韻以見意云

達摩一派未西來無限勞生眼未開六朝繁盛已矣耳
兩晉風流安在哉自笑中書老僕射引韻借用比字事佛竊傚
王安石公案翻騰舊葛藤林泉准備閑蹤跡用之勳業
垂千秋發揚孔孟誰為儔舍之獨善樂真覺賦詩舒嘯
臨清流豈止淵明慕松菊晉室高賢十八九君子道消
小人用貞夫遠棄利名酒蘇黃冠世能文詞裴張二相
名當時祖宗禪林恣遊戲堯風舜德甘嘘吹達人不為
造物役打破東西與南北毛吞巨海也尋常出没縱横

透空色真如頗與犧易同不動確乎無吉凶湛然信筆書寱語臨風遠寄綠野翁贈君一句直截處秪要教君能養素但能生死榮辱哀樂不能羈存亡進退盡是無生路

和許昌張彥升見寄

真人休運應千載生知神武威中邦杜絶奇技賤異物連城玉斗曾親撞兵出潼關渡天塹翠華雜映騶虞幢生民歌舞嘆奚後壺漿簞食轅門降偏師一鼓汴梁下

邏騎飲馬揚子江良臣自有魏鄭輩死諫安用干與逢
少微昨夜照平水清河國士真無雙壯歲遊學力稽古
孜孜繼晷焚蘭釭新詩寄我有深意再三舒卷臨幽窓
安得先生贊王室委倚奚憂庶政厖堪笑紛紛匹夫勇
徒誇巨鼎千鈞扛何日安車蒲輪詔公入北闕蒲萄佳
醖爛飲玻璃釭西人蒲萄釀皆貯以玻璃瓶

和南質張學士敏之見贈七首

桃源劉鳳樓蕭鐫冰斵玉哦通宵珠璣錯落照蘭室龍

蛇偃蹇蟠霜綃和我新詩使手起却得瓊瑰酬太李邊城十載絶知音琴斷七絃鶴亦死而今得識君姿容胸中鬱結渙然空詩壇君可據上位筆力我甘居下風筆陣文場寬且綽馳騁看君能矍鑠學海波瀾千頃陂厭飫經書爛該博幾時把手瀟湘邊生涯自有壺中天鳴榔一笑舟浮蓮滄波萬里凝蒼烟

漏沈沈竹蕭蕭蒲團禪定坐終宵古廟香爐無氣息一條白練如瓊綃性海澄澄波不起宛似冰壺沈玉李庸

入泥教不知歸七竅鑿開混沌死雖云至道絕音容不
離幻有成真空百尺竿頭更移步普天匝地生清風大
用全提自寬綽裨將交鋒何矍鑠醒時呼起夢中人徧
濟含生其利博本無內外與中邊踏破威音刼外天污
泥深處種青蓮昇平世界沈烽烟
雨蕭蕭風蕭蕭對牀談道徹清宵欲畫太虛無面目慎
無落筆汚冰綃人間平地風波起反笑於陵噉螬李富
貴榮華都幾時迷者孰能死前死須彌芥子云相容神

通妙用不空空刼火洞然渠不壞紙鳶能衆毗藍風龍
象騰驤何綽綽迴視駑駘空矍鑠悟時一語透塵沙安
用才學恃宏博維摩方丈傍無邊箇中無礙散花天迴
途穩穩步雙蓮得玄鳥道橫晴烟
院深深藕蕭蕭伽陀舒卷度蘭宵若解荷心繫珠露便
能天外裁雲綃大覺空生一漚起悟斯獨有屏山李屏山
居士李之純嘗作有楞嚴别解為禪客重穿透楞嚴第一機方信庵中人不
死箇裏家風針不容夢迴六趣大千空道人受用本無

盡明月薄剃細切風香象朋從威綽綽獨跳狂獐空矍
鑠悲心起處了無私濟渡塵沙恩廣博不涉中流離兩
邊下無大地上無天無人無佛臺無蓮淒淒碧草生芳
烟
雲飄飄水蕭蕭一燈香火過閒宵神清半夜不成夢書
帷風細揚微綃運應昌期王者起自愧文章輸杜李竊
同居易了無生誰羨葛洪學不死一榻蒲團膝足容脩
然文室塞虛空翻騰密藏明佛日淘汰機緣振祖風丹

鳳沖霄何綽綽失曉獃即徒矍鑠人間取捨本千差世
路窮通如六博幽人嘯咏水雲邊刼外光風自一天閒
來石上栽紅蓮水無波浪火無烟
風蕭蕭雨蕭蕭蕭蕭風雨悲凉宵蘺菊殘英漬黄玉林
風脱葉飄紅綃幽人展轉凌晨起邂逅門前逢短李殷
泉聞道有三仁欲説九疇君不死穹廬相語為從容懸
河雄辨能談空風神蕭散野鶴立照人玉樹臨秋風落
筆新詩一揮綽不似武人誇矍鑠銀鉤筆力掩二王照

夜連城肯輕博他年相約秋山邊秋江一派連秋天閒
聽菱女歌採蓮輕舟一醉眠秋烟
衣龍鍾鬢飄蕭穹廬停燭坐寒宵翰林遺介贈佳句蠆
芒鳥跡書生綃既倒狂瀾再扶起昔有謫仙元姓李今
日龍庭忽見君誰道當年太白死文章氣象難形容騰
龍翥鳳遊秋空筆力萬鈞神鬼泣雷轟電掣駈疾風餘
裕喜君能綽綽鼓舞為君予矍鑠解讀奇字笑揚雄識
壓張華能物博與君握手天山邊舉觴相屬望青天他

年雅社結白蓮林泉杖屨衡雲烟

和張敏之鳴鳳曲韻

寫蛟螭咳珠璣英姿元棟一作占碧梧棲彬彬文彩自光輝有材希晉用失志欲劉依薦君誰肯惜噓吹洪才大筆識君稀鯤遊翱海震鵬舉翥天飛問渠蟾窟攀仙桂何似冥山破鐵圍人間強忍假生死世上本無真是非濃歡殢春夢晚景嘆殘暉夢斷日沈真可笑輸却禪人向上機遮眼開經卷蒙頭壞衲衣息念融凡聖無心應

順遼震風威横擔榔槺萬山歸

和孟駕之韻

平陽聞有鄒人孫封書上我僅萬言討論墳典造極致
商榷古今窮深源文章高出蘇黄輩英雄不效秦儀志
志圖仁義濟元元冀北無雙瑚璉器淪落塵埃德不孤
梅軒結友天一隅我惜鹽車困騏驥騰驤未得踏亨塗
瓦牖繩樞甘儉薄詩腸雷轉充糟粕他日佳聲聞九天
富貴之來不得却丁年黄卷樂平生鄉閭一諾千金輕

滄浪清處閒濯纓才名高價如連城筆下有神詩有眼
五車書史窮簡編一舉高登甲乙科曾對閶闔持手版
天兵一鼓下睢陽旌旗整整陣堂堂玉石俱焚君子隱
北度來依日月光徒步黄塵千里逺猶抱遺經究微婉
天產昂藏一丈夫三十未遇非為晚聞望卓冠儒林叢
燦然星宿羅心胸馳驟大方孰並駕絶塵奔逸其猶龍
君似錕鋙玉可切錕鋙不是尋常鐵利頴神鋒人未知
寶匣空閟三尺雪何時搜出蟄龍鞭一聲霹靂轟青天

歲旱須君作霖雨拔茅進用其連茹天子明堂求國棟鵬飛全藉天風送鳳池波暖百花新詠游不作江湖夢

和陳秀玉縣梨詩韻

石門九月西風高（梨出於石門之北遵化縣）縣梨萬樹金垂梢清谿（秀玉道號也）千里遺贈我藤筐初發香盈包謫仙風度清谿亞春風曾飲梨花下不用紅妝唱採蓮醉望青天歌二雅我有斗酒清且醇同君薦此鵝黃新初見分香剖金卵更看削玉飛霜鱗縹葉紫條何足語夜光安可同魚

目文園慶渴政難禁咀嚼冰雪剩香玉

和冀先生韻

東垣士大夫以興王聖德詩見寄用酬雅意

運出三爻兑以太一推之而得龍飛九五乾要荒歸化育豪哲

入陶甄有幸恩涵海無私德應天偏師收百越一鼓下

三川天子能身正元戎不自賢重光道同軌累聖德相

聯策決九重內功歸萬乘權羣雄哀稽顙多士喜摩肩

輔弼規左右丞疑賛後前開夷逾漢武平叛跨周宣冠

帶通窮域車書過古埏覽機雲毋障受諫翠華駢欵塞
諸蠻洞來朝百濟船降王趨陛闕強虜列氓編淨掃妖
氛變潛消烽火烟詞臣遊館閣幽隱起林泉堯舜文明
盛商姬禮樂全九成合古奏二雅詠新篇世卜千年世
年斯億萬年宗親成蔕固國祚等瓜緜聖政輿人頌天
威萬古傳勉旃封禪事不用策安邊

湛然居士集卷一

欽定四庫全書

湛然居士集卷二

元　耶律楚材　撰

和百拙禪師韻

十方世界是全身氣宇如王絶比倫與奪機中明主客正偏位裏辨君臣眠雲卧月辭三島鼓腹謳歌預四民了了了時誰可曉閑人元不是閑人

題平陽李君實吟醉軒

古晉君賓世所知幽軒佳號兩相宜長鯨海量嫌甜酒彩筆天才厭小詩七步賦成文燦爛千鍾不惜錦淋漓（一作千鍾飲徹）何當杖履遊平水得預君家吟醉詩

從聖安澄老借書

湛然寱語寄西堂此箇因緣果異常陽老十門剛結案欽公五派强分贓劒逢劒客須拈出詩遇詩人何必藏居士病多諳藥性聖安得效不傳方

題西菴所藏佛牙二首

慇勤敬禮辟支牙緣在西菴居士家午夜飛光驚曉月
六時騰焰爍朝霞一番頂帶因初結七轉生天果不差
庸士執方猶未信防風安得骨專車
旃檀龕裏貯靈牙來自中天尊者家瑩色冷奪秋夜月
真光明射晩晴霞本同舍利元無别疑是金剛事有差
猶憶廣長舌左右咀嚼風雨震雷車

和伊喇繼先韻二首

舊山盟約已愆期一夢十年盡覺非瀚海路難人去少

天山雪裏雁飛稀漸驚白髮寧辭老未濟蒼生曷敢歸
去國遲遲情幾許倚樓空望白雲飛
不事王侯懶屬文時危何處覔元勲他年收拾琴書去
笑傲林泉我與君

過陰山和人韻

陰山千里横東西秋聲浩浩鳴秋溪猿猱鴻鵠不能過
天兵百萬馳霜蹄萬頃松風落松子鬱鬱蒼蒼映流水
六丁何事誇神威天台羅浮移到此雲霞掩翳山重重

峰巒突兀何雄雄古來天險阻西域人烟不與中原通
細路縈紆斜復直山角摩天不盈尺溪風蕭蕭溪水寒
花落空山人影寂四十八橋横雁行勝遊奇觀真非常
臨高俯視千萬仞令人凜凜生恐惶百里鏡湖山頂上
旦暮雲烟浮氣象山南山北多幽絶幾派飛泉練千丈
大河西注波無窮千溪萬壑皆會同君成綺語壯奇誕
造物縮手神無功山高四文纔吐月八月山峯半埋雪
遥思山外屯邊兵西風冷徹征衣鐵

羸馬陰山道悠然遠思寥青巒雲靄靄黃葉雨蕭蕭未
可行周禮誰能和舜韶嗟吾浮海粟何礙八風飄

八月陰山雪滿沙清光凝目眩生花挿天絶壁噴晴月
擎海層巒吸翠霞松檜叢中疏畎畝藤蘿深處有人家
横空千里雄西域江左名山不足誇

陰山奇勝詎能名斷送新詩得得成萬疊峯巒擎海立
千層松檜接雲平三年沙塞吟魂遯一夜氊穹客夢清
遥想長安舊知友能無知我此時情

再用前韻

河源之邊鳥鼠西陰山千里號千溪倚雲天險不易過驌驦踸蹬追風蹄蒼記長安五陵子馬似遊龍車如水天王赫怒山無神一夜雄師飛過此盤雲細路松成行出天入井實異常王尊疾驅九折坂此來一顧應哀惶崢嶸突出峯峭直山頂連天纔咫尺楓林霜葉聲蕭騷一雁横空秋色寂西望月窟九譯重嗟吁自古無英雄出關未盈十萬里荒陬不得車書通天兵飲馬西河上

欲使西戎獻馴象旌旗蔽空塵漲天壯士如虹氣千丈
秦皇漢武稱兵窮拍手一笑兒戲同塹山陵海匪難事
翦斯羣醜何無功騷人羞對陰山月壯歲星星鬢如雪
穹廬展轉清不眠霜匣閒殺錕鋙鐵

復用前韻唱玄

天涯流落從征西寒盟辜負梅花溪昔年學道頗得趣
魚兔入手忘筌蹄殘編斷簡披莊子日日須當誦秋水
誰知海若無津涯河泊源流止於此人間醬缶紙數重

太玄强草嗤揚雄高卧嵩萊傲唐室清風千古獨王通

曲者自曲直者直何必區區較繩尺一筆劃斷閑是非

萬事都忘樂岑寂功名半紙字幾行競羡成績書太常

只知窂筴饗蜀豢不思臨刃心悲惶何如打坐蒲團上

參透生平本無象一缾一鉢更無餘容膝禪菴僅方丈

從教人笑徹骨窮生涯元與千聖同鳥道雖玄功尚在

不如行取無功功歸來踏破澄潭月大冶洪爐飛片雪

且聽石女鳴巴歌萬里一團無孔鐵

用前韻送王君玉西征二首

湛然送客河中西西域城名也乘輿何妨過虎溪清茶佳菓
餞行路遠勝濁酒烹駞蹄結交須結真君子君子之交
淡如水一從西域識君侯傾蓋交歡忘彼此當年君卧
東山重守雌默默元知雄五車書史豈勞力六韜三畧
無不通詩詠珠璣無價直青囊更有琴三尺奉命西來
典重兵不得茅齋樂真寂魚麗大陣兵成行行師布置
非尋常先生應詔入西域一軍駭異皆驚惶武皇習戰

昆明上欲討昆明致犀象吾皇兵過海西邊氣壓炎劉
千萬文先生一展才畧窮百蠻冠帶文軌同威德洋洋
震天下大功不宰方為功隱居自有東山月風拂松花
落香雪退身參到未生前方信秤鎚元是鐵
先生應詔將討西湛然送客涉深溪徘徊一舍未忍去
兵車暫駐天駒蹄猶憶今春送君予桃李無言映流水
寒暑推遷奈老何秋風草律重來此關山險阻重復重
西門雪恥須豪雄定遠奇功正今日車書一混華夷通

先生純德如矢直詎為直尋而枉尺功成莫戀聲利場
便好回頭樂玄寂故山舊隱松千行奇峯怪石元異常
前日盟言猶在耳猿鶴思怨空悲惶我擲直鈎魚不上
須信遊鱗畏龍象冥鴻一舉騰秋空誰羨文章光萬丈
道兮人作非天窮區區何必較異同語默行藏在乎我
退身奚論無成功安東幸有閭山月萬頃松風萬山雪
收拾琴書歸去來修心須要金成鐵

用前韻感事二首

稱斤甘薺賣京西誰信無人採五溪鵬異衆禽全六翮
麟殊凡獸具五蹄昔年學道宗夫子盈科後進如流水
蟄龍猶未試風雷萍泛蓬飄而至此緼袍甘分百結重
不學亂世姦人雄忘憂樂道志不二守窮待變變則通
歲寒松柏蒼蒼直摩雲直待高千尺桃李無言蹊自成
此君冷淡人何寂生平恥與噲伍行杜門養拙安天常
澤民致主本予志素願未酬予恐惶否塞未能交上下
何日亨通變文象不圖廊廟為三公安得林泉忝百丈

居士身窮道不窮庸人非異是所同筆頭解作萬人策人皆笑我勞無功落落遐荒淹歲月嬴得飄蕭雙鬢雪謀生太拙君勿嗤不如嵇康學鍛鐵

金烏日日東飛西滔滔綠水流長溪流波一去不復返逐日恨無八駿蹄窮理達生獨孔子嘆夫逝者如斯水歲不我與其奈何兩鬢星星尚如此曩時鑿破藩垣重澤民濟世學英雄風雲未會我何往天地大否途難通霜匣神劍蒼龍直切玉如泥長數尺利器深藏人未知

豐城埋沒神光寂讀書一目下數行金石其心學王常
學術忠義兩無用道之將喪予憂惶有意攀龍不得上
徒勞牙角拔犀象唯思仁義濟蒼生豈為珍羞列方丈
簞瓢陋巷甘孤窮鴻鵠安與燕雀同天與之才不與地
反令豎子成其功安得光明依日月功名未立頭如雪
問君此錯若為多使盡二十四州鐵

過濟源和香山居士韻

覃懷勝遊地濟瀆垂名久忽見樂天吟笑我輸先手麗

詞金玉振老筆風雷走乘興試續貂啟我談天口平湖湧泉注清涼瑩無垢憑檻瞰漣漪風鬟塵抖擻龍孫十萬竿蓊薈濃陰厚沁水濟源東天壇王屋右秀色已可飡何須杜康酒步步總堪詩佳篇如素有賡酬淡相對獨有龍岡叟亭上幾徘徊斜陽西入酉晚年歸意切對此空沈首何日遂初心營居碧林後一作翠林

和裴子法見寄

人生都幾何半被功名役一旦燕山破西行過千驛顛

沛不違仁先難而後獲鵷鶵捐腐鼠烏鳶其勿嚇扈從出天山從容遊大石琴書澹相對尚未忘丘索前歲入闢中戈兵克商號明詔典蘭省自愧承深責秦隴成劫灰京索空陳迹長河尚濁流南山自濃碧把酒酹青天興亡弔今昔長安非衣君壯年學問積天上玉麒麟英才可珍惜詩魂素月高飲量滄溟窄清談咳珠玉便腹笥經籍服君百韻詩謝子萬言策易道已變屯世文當應革淮陰正虛襟左車宜籌畫須要蓮峯手乾坤再開

闞昂藏緑野翁真我龍門客

用李德恒韻寄景賢

牢落十年危御營瑶琴忘盡水仙聲酷思詩酒閒中樂見說干戈夢裏驚林下因緣千古重人間富貴一錢輕此身未退心先退獨有龍岡識我情

過天德和王輔之四首

天縱吾君大聖人天兵所指弭烟塵三齊電掃何須鄙六國雷馳不用秦誅佞未聞曾請劒劾姦誰肯試埋輪

伴食黄閣空無輔自笑龍鍾一老臣

六師嚴駕渡長河師不流行誰敢何千里旌旗翻錦浪

一聲金鼓震寒波殷亡誰道三仁在康滅空傳五子歌

唾手要荒歸一統漢唐鴻業未能過

積年叨禄領台司位重才微甚不宜地上流錢慚晏算

樽前決勝愧良帷過實聲聞傳人口似直愚忠結主知

三逕荒凉松菊在他時舍此復何之

慙老先生本素臣洪才大筆力千鈞沽名不築傅巖版

賈世誰垂渭水綸舟泛五湖希范蠡腰懸六印笑蘇秦
韋編三絶躭羲易蕭散風神真隱人

槐安席上和張梅韻

甘薺五溪人不採兩京高價賣秤斤君方淪落羞看我
我亦飄零懶問君人遠空殘眉上黛愁深不整鬢邊雲
誰憐古戍寒窗下新樣梭成織錦文

思親有感二首

遊子棲遲久不歸積年温清闕慈闈囊中昆仲親書帖

篋內萱堂手製衣黃犬不來愁耿耿白雲空望思依依
欲憑鱗羽傳安信綠水西流雁北飛
伶仃萬里度西陲壯歲星星兩鬢絲白鴈來時思北闕
黃花開日憶東籬可憐遊子投營晚正是孀親倚户時
異域風光恰如故一銷魂處一篇詩

思友人

落日蕭蕭萬馬聲東南回首暮雲横金朋蘭友音書絶
玉軫朱絃塵土生十里春風別野店五年秋色到邊城

雲山不礙歸飛夢夜夜隨風到玉京

贈李郡王筆

管城從我自燕都流落遐荒萬里餘半札秋毫裁翡翠
一枝霜竹翦瓊琚鋒端但可題塵景筆下安能畫太虚
聊復贈君為土物中書休笑不中書李郡王嘗為西遼執政

寄雲中卧佛寺照老

像教中微祖意沈盧能滴子起予深看經不怕牛皮透
著眼常聽露柱吟行道權居卧佛寺活機特公見閱藏教故云

異死禪心憑君摘取空華實好種人間無影林

寄平陽淨名院潤老

昔年萍水便相尋握手臨風話素心刻燭賦成無字句按徽彈徹没絃琴風來遠渡晚潮急雨過寒塘秋水深此樂莫教兒輩覺又成公案滿叢林

贈雲川張道人

雲川道士有詩聲刻篆雕蟲醉未醒素扇自甘贖碧笠因西人奪笠渠以扇贖之故云玄鶴不肯換黃庭春秋榮悴悲椿木晦

朔生凋蓂何似擴開真日月區區爝火任熒熒

賛李俊英所藏觀音像

白衣大士足威神蓮智興悲詎可陳金色界中垂萬臂碧蓮花上露全身鎮州鑄就金難似天竺鐫來玉未真不識觀音真面目燕吟鶯語過殘春

題西菴歸一堂

搏霄元帥築西菴於廳事之隅以舍沙門建歸一堂置三聖廟貌屏山居士有云卷波瀾于聖學之

域徹藩籬於大方之家其摶霄之謂乎偶得亂道

韻詩録呈諸士大夫幸希光和仍請西菴上人書

之楹棟間為他時林下佳話張本云

三聖真元本自同隨時應物立宗風道儒表裏明墳典

佛祖權實透色空曲士寡聞能異議達人大觀解相融

長沙賴有蓮峯掌一撥江河盡入東

和景賢還書韻二首

居士今年又出關琴書真味伴予閒簡成草畧初無意

語闕治擇誤犯顏漆水自慚貽口實龍岡却得破詩慳
衰翁幸乞贖前過一炷清香論八還
淵明幽隱掩柴關琴已亡絃人亦閒靜倚書窗獨寄傲
笑觀庭樹自怡顏五音格外聲何限百草頭邊法不慳
蠹譜斷絃無用處因風得得寄詩還景賢索絃譜故有是句

外道李浩求歸再用前韻示景賢

自從一箭透重關觸處忘緣觸處閒莫問羔裘横毳衲
從教華髮映蒼顏水聲說法起予甚山色呈機不我慳

寄客天涯樂如許問渠何必更南還

外道李浩和景賢霏字韻予再和呈景賢

塵緣劃斷已忘機布鼓徒敲和者稀中隱强陪人事過

禪心不與世情違昔年勲業真堪笑舊日家山懶欲歸

我愛北天真境界乾坤一色雪花霏

和楊居敬韻二首

自愧才術草芥微偶然千載遇明時唯希一統王家義

何暇重思鼂氏危仁義且圖扶孔孟縱横安肯傚秦儀

行看堯舜澤天下萬國咸寧庶績熙
詔下龍庭萬國歡野花啼鳥總欣然熙朝龜卜符千億
聖主龍飛第一年至道變通皆有數浮生富貴本由天
誰人得似楊公子傲世高吟數百篇

過天寧寺用彥老韻二首

十年不得舞衣斑行盡天涯萬里山黄閣伴食空皓首
蒼生未濟謾胡顏新朝兵革征方急舊隱煙霞尚未還
袞袞簿書塵滿眼衰翁奚暇謁松關

今日從征亦偶然天寧遐想思懸懸貪榮不得還山去
須信衰翁未若賢

過天山周敬之席上和人韻二首

淪落天涯數十秋區區班筆早年投採薇山下慵枯草
洗耳溪邊懶飲牛振武揚威難射虎忘機絶慮不驚鷗
當年射策承明殿未必輕輕輸吕蒿

憩馬居延酒半醺寂寥寒館變春温未能鵬翼騰溟海
不得鴻音過鴈門千里雲烟青塚暗一天風雪黑山昏

天涯幸遇知音士仔細論文共一樽

和人韻

四海皇皇無所歸夢魂常遶故園飛海山不羨學居易
華表留言笑令威毛落難尋蘇子節囊空猶有老萊衣
靜思二十年間事擾擾紛紛盡覺非

丁亥過沙井和伊喇子春韻二首

科登甲乙戰文圍吾子才名予獨知巢許身心君易樂
蕭曹勲業我難為有恒得見實無憾知己相逢未忍離

攜手河梁重話舊胡然差和子卿詩

行藏俯仰且隨時袍縕懷珠人未知燕雀既羣難立志鳳凰不至擬胡為可嗟世態頻更變何奈人生多别離莫忘天山風雪裏湛然駝背和君詩余昨至沙井乘牛車過前路跨駝方達行在偶得隔句一聯云牛車馳倚頗異相如駟馬車駝背吟詩不似竹林七賢畫因有是句

再過晉陽獨五臺開化二老不遠迎

高岡登陟馬玄黃落日西風過晉陽道士歡迎捧林果儒冠遠迓挈壺漿五臺強健頭如雪開化輕安鬢未霜

誰會二師深密意趙州元不下禪牀

過清源謝汾水禪師見訪

汾水禪師箇裏人杖藜尋我過清源半盂紅果情何厚一盞清燈話細論山水景中君得意兵戈隊裏我銷魂他年相約雲深處松竹蕭蕭靜掩門

王屋道中

勝克河中號令齊神兵入自太行西昏昏烟鎖天壇暗漠漠雲埋王屋低風軟却教冰泛水一作冰解凍寒輕還使

雪成泥行吟想像覃懷景多少梅花圻玉溪

湛然居士集卷二

欽定四庫全書

湛然居士集卷三

元　耶律楚材　撰

和解天秀韻

猛士彎弓挽六鈞長驅下汴政施仁前朝運謝山河古
聖世時亨雨露新未遇自甘焚綠綺知音不必惜陽春
朝廷將下搜賢詔莫戀烟霞老此身

用萬松老人韻作十詩寄鄭景賢

氈廬同抵足談道月西沈議論馨香發文章蘊藉深正
便邊氏腹不上謫仙襟自得逍遥意何須怕鄧林
豐城三尺劒神器尚埋沈確論穿楊的生機劈苦深天
真貯便腹浩氣塞征襟竚看澤天下清風冠士林
破船無滲漏流水不能沈霧鎖青山秀花藏古徑深白
雲陪野興晴月洗煩襟絶後重甦息飛花枯木林
隱隱三星出依依片月沈鶴飛遼海闊猿嘯楚山深柳
色雲霑袖蘆花雪滿襟普天秋意露一葉墜梧林

玄珠羅帳密寒鼎篆烟沈翡翠疎簾隔琉璃古殿深本來無垢體何必拂塵襟斫却蟾中桂方成般若林鱻餌不須針聊將玉線沈須彌猶未大渤海豈為深悟後牛穿鼻迷時馬有襟弋人何所慕幽鳥在松林箇事不容針迷途自陸沈西天三步遠東海一盃深凉月盛玄鉢輕雲翦素襟曹溪無一滴波浪沸禪林流波無放蕩死水莫平沈機盡方鈎隱綸空正釣深赤心休借口青眼好開襟誤捉溪中月人人似翰林

夢覺方知錯生平自屈沈滌塵千澗外遺照亂松深抑帶縫穿屐荷衣綴破襟寂寥選佛味何似宴瓊林漁家何足好乘興一鈎沈路僻蒼苔滑舟横古渡深小晴掀蒻笠微雨整蓑襟夢斷知何處寒潮没晚林

萬松老人真賛

昔無盡居士題恒嶽廟云聰明厭血食悔不值元珪兹因恒州四衆敦請萬松老師師不行且以頂相付之門弟湛然居士再拜而賛之曰

每恨恒山不逢珪老四衆同緣萬松親到

萬松老人琴譜詩一首

萬松索琴并譜予以承華殿春雷及種玉翁悲風

譜贈之

良夜沈沈人未眠桐君横膝叩朱絃千山皓月和烟静

一曲悲風對譜傳故紙且教遮具眼聲塵何礙汚幽禪

元來底許真消息不在絃邊與指邊

寄曲陽戒壇會首大師

四衆飛書請萬松不消彈指已成功燈龍證據真談辨
露柱承當不耳聾梵行細推無處所戒壇須信塞虚空
無為濟物誰能悉惟有東垣月拂風

和王巨川韻

聖駕徂征率百工貔貅億萬入關中周秦氣焰如雲變
唐漢繁華掃地空灞水尚存官柳緑驪山唯有驛塵紅
天兵一鼓長安克千里威聲震陜東

釋奠

王巨川能於灰燼之餘草創文宣聖廟以己丑二月八日丁酉率諸士大夫釋而奠之禮也諸儒相賀曰可謂吾道有光矣是日四衆奉迎釋迦遺像行城歡聲沸沸僕皆預其禮作是詩以見意云

多士雲奔奠上下釋迦遺像亦行城旌幢錯落休迷色鐘磬鏗鏘豈在聲宣父素心施有政能仁深意契無生儒流釋子無相諷禮樂因緣盡假名

和伊喇子春見寄

四海皇皇足俊賢浪陪扶日上青天且圖約法三章定寧羨浮榮六印懸潤色吾儒惟恐後扶持天下敢為先過情聲聞予深恥可笑虛名到處傳
生遇干戈我不辰十年甘分作俘臣施仁發政非無據論道經邦自有人聖世規模能法古污俗習染得惟新英雄已入吾皇彀從此無人更問津
且喜朝廷先正名林泉隱逸總公卿羣雄一遇風雲會萬國咸覩日月明丹鳳固應潛亂世白麟自合出昇平

竚看一作顒觀北闕垂温詔夜半前席進賈生

舉世寥寥識我誰未學弓矢愧由基衰年有幸强三樂

盛世無才出六奇棄物且存光海量散材獲用荷天私

微臣自忖將何報信筆裁成頌德詩

邂逅沙城識子初天山風雪醉吟餘文章光焔君堪羨

節操儀刑我不如麴糵鄉中前進士渠有詩云老去惟耽麴糵春故有是句

風波堆裏老中書他年歸去無相棄同到閭山舊隱

居

寄移剌國寶

昔年萍迹旅京華曾到風流國寶家居士為予常喫素先生愛客必烹茶明窗揮麈談禪髓淨几焚香頂佛牙回首五年如一夢夢中不覺過流沙公所藏佛牙甚靈異

寄景賢十首

龍岡能覓淡中歡心與孤雲自在閑琴阮生涯事松菊詩書活計老丘山叩絃聲自無中出得句詩從天外還踏破化工無盡藏閑人受用亦非慳

龍岡漆水兩交歡縱意琴書做老閒未得一言安海内
已輸三箭定天山肯容詩思妨心慧豈使聲塵礙耳還
信手拈來無不是清風明月有何慳
人間聚散妄悲歡何似林泉遯世間十載殘軀遊瀚海
積年歸夢遶閭山先人舊隱居也空嵓猿鶴招予往滿駕琴書
伴我還多謝龍岡怜老隱新詩酬酢路無慳
絃索詞章且助歡羨渠臨老得安閑琴歌愛子彈秋水
詩句服君仰泰山聲古調淒真可聽辭雄韻險賡難還

先難後易今方省居士襟懷本不慳

宦情觸處不成歡未得浮生半日閒薦鶚有書慚北海

澤民無術愧東山琴書習氣終難忘嵩麓荒園怎得還

卜隱龍岡成老伴肯教詩思筆頭慳

廣文憐我失清歡每著琴書伴我閒痛憶金聲并玉振

酷思流水與高山詩壇吝嗇猶深閉琴債遷延未肯還

一狀如今都領過龍岡須破兩重慳

琴書吾子盡幽歡隨分消磨日月閒佳句典刑傳四海

水仙聲韻徹三山每槲木李投君去卻得瓊瑤報我還
從此龍岡開廪藏徽邊筆下更無慳
世間何事最為歡爭似能偷忙裏閒得遇夜晴須對月
每逢春盛强登山無錢沽酒和衣典一作和琴典圖利吟詩
倍本還綺語千章琴百曲莫教風月笑人慳
我與先生久已歡而今皆願老來閒同舟載棹醉觀月
並轡騎驢飽看山綺句綴成連譜換純音彈了著詩還
琴詩此際慵拈出可恐龍岡為紙慳

閒人閒裏竟閒觀未得迴光未是閒叩道一螺斟巨海
參玄千里望恒山但能透鏃穿三句何必拖泥辨八還
箇事人人皆富有含生休怨釋迦慳

和景賢韻三首

龍岡便腹盡詩書落筆雲烟我不如一紙安書思塞雁
十年歸興憶鱸魚託身醫隱君謀妙委跡儒冠我計疎
何日相將歸故里翠微深處卜幽居
龍岡走筆和清篇出示珠璣寄湛然字古意新看不足

挑燈寒雨夜無眠
摩撫瘡痍正似醫微君孰肯拯時危萬金良策悟明主
厚德深仁四海施
和李世榮韻
異同誰定據俯仰且隨緣居士難聯句梅軒却解禪無
雲皆皓月何處不青天話到忘言處迢迢夜不眠
和景賢十首
龍岡居士得賢君聞道賢君增所聞節操鶵雛捐鼠餌

風神野鶴立雞羣只知輔嗣能談易誰識相如善屬文
擬欲賛君言不盡區區微意見詩云
天下奇才鄭使君清名不使世人聞五車書筍獨窮理
三峽詞源迴出羣未得開懷重話舊常思抵足共論文
自從一識龍岡老餘子紛紛不足云
一聖龍飛敢擇君嗟予潦倒尚無聞蒼生未識鴻鵠志
皓首甘遊麋鹿羣黃雀已歸奚望報彩禽飛去不能文
龍岡特慰孤窮悶時有新詩報我云

試和新詩寄鄭君無顔談道不聞聞治心更索捐中道

養性渾如鞭後羣玄語諄諄非是説真書歷歷不闌文

儒生東教爀虚誕得意忘言孔子云

文章自愧不如君敢以玄言瀆所聞有道居塵何異俗

無心入獸不驚羣重玄消息無多子半紙功名直幾文

回首死生猶是幻自餘何足更云云

十年不遇一相知恰識龍岡恨見遲常愛箕山能洗耳

何堪鄰舍傚顰眉榮枯貴賤難逃數用舍行藏自有時

心事紛紛無處説援毫聊和景賢詩
萬里西來過月氏初離故國思遲遲人情慚愧三鬚面
人世梳粧半額眉田上野夫空嘆鳳澤邊漁父不傷時
龍岡本具英雄眼幾倩東風寄我詩
林甫滔天聖不知三郎深恨識卿遲塵中妃子春羅襪
錢上開元指甲眉七夕殿中祈巧夜三秋原上摘瓜時
長天忽見飛來雁垂淚空吟李嶠詩
李楊相繼領台司兵起漁陽禍已遲向昔正憐花解語

而今空憶柳如眉心傷桃李初開夜腸斷梧桐半落時
試問宮中誰第一三郎猶記謫仙詩
往來寒暑暗推移下手修行猶太遲迷後徒勞常捏目
悟來何必更揚眉宗門淘汰宜窮理道眼因緣貴識時
秖為龍岡心猛利湛然剛寫不言詩

又一首

龍岡醫隱本知機薰蕕同盤辨者稀廊廟虛名無意戀
林泉夙願與心違羨君綽綽有餘裕笑我惶惶無所歸

尚憶當年垂釣處一江烟雨静霏霏

和王君玉韻

王孫蒙饋飯靈輒未扶輪自笑孤窮客誰憐衰病身黄沙萬餘里白髮一孀親腸斷山城月徘徊照遠人

過東勝用先君文獻公韻二首

荒城蕭灑枕長河古寺碑文半滅磨青塜路遥人去少黒山寒重雁來多正愁曉雪冰生硯不忿西風葉墜柯偶憶先君舊遊處潸然不柰此情何

依然千里舊山河事改時移隨變磨巢許家風烏可少

蕭曹勳業未為多可傷陵變須耕海不待碁終已爛柯

翻手榮枯成底事不如歸去入無何

過夏國新安縣時丁亥九月望也

昔年今月渡松關西域陰山有松關車馬崎嶇行路難瀚海潮

噴千浪白一作十里雪天山風吼萬林丹氣當霜降十分爽

月比中秋一倍寒回首三秋如一夢夢中不覺到新安

過青塚用先公文獻公韻

漢室空成一土丘至今仍未雪前羞一作可惜冰姿瘞古丘佳人猶自夢中羞不禁出塞陟沙磧最恨臨軒辭冕旒幽怨半和青塚月閑雲常鎖黑河秋滔滔天塹東流水不盡明妃萬古愁

過青塚次賈搏霄韻

當年遺恨嘆昭君玉貌冰膚染塞塵邊塞未安嬪侮虜朝廷何事拜功臣朝雲雁唳天山外殘日猿悲黑水濱十里東風青塚道落花猶似漢宮春

延壽丹青本誑君和親猶未斂邊塵穹廬自恨殯戎主泉壤相逢愧漢臣玉骨已消青塚底香魂猶遶黑河濱愁雲暗鎖天山路野草閒花也怨春

再用韻以美搏霄之德

去歲雲川始見君澄澄胸次淨無塵斗南第一珪璋士冀北無雙柱石臣（公領師職故云）萬頃雲松斜谷外千竿水竹渭河濱他年歸隱重相訪無影林間別有春

再用韻自嘆行藏

箕裘家世忝先君慚愧飄蕭兩鬢塵自古山河歸聖主從今廊廟棄愚臣常思卧隱雲鄉外肯傚行吟澤國濱驛使不來人已老江南誰寄一枝春

再用前韻感古

宣尼名教本尊君賊子常干犯蹕塵鹿失嬴秦無令主鼎分炎漢有能臣宋朝南渡尤天水遼室東傾罪海濱回首興亡都莫問不如沈醉甕頭春

再用韻唱玄

重玄不惜說知君又恐重添眼裏塵臨濟喝中分主客
洞山言下辨君臣持鈴普化搖空裏垂釣華亭没水濱
勘破這般閑伎倆鐵林花發刼前春

過雲川和劉正叔韻

西域風塵汗漫遊十年辜負舊漁舟曾觀八陣雲奔速
親見三川席卷收烟鎖居延蘇子恨雲埋青塚漢家羞
深思籬下西風醉誰羨班超萬里侯

過雲中和張伯堅韻

一掃氐羌破吐渾羣雄悉入北朝呑自憐西域十年客
誰識東丹八葉孫射虎將軍皆建節龍飛天子未更元
我慚才畧非良器封禪書成不敢言

過雲中和張仲先韻

致主澤民本不難言輕無用愧偷安十年潦倒功何在
三徑荒涼盟已寒嵓下藏名思傅說林間談道謁豐干
挂冠神武當歸去自有夔龍輔可汗

過雲中和王正夫韻

白雪陽春寡和音誰人解聽没絃琴詩書事業真堪笑
刀筆功名未可欽不信西天三步遠焉知東海一杯深
元來佛法無多子何必嵩山謁少林

過白登和李正之韻

十年淪落困邊城今日龍鍾返帝京運拙不須求富貴
時危何處取功名騰驤誰識孫陽驥俊逸深思支遁鷹
客裏逢君贈佳句知音相見眼偏明

過天城和靳澤民韻

西征扈從過龍庭誤得東州浪播名琴阮因緣真有味

詩書事業拙謀生咄嗟興廢悲三嘆倏忽榮枯夢一驚

何日解官歸舊隱滿園松菊小菴清

過武川贈僕散令人

班姬流落到而今聞道翻身入道林歌扇舞裙忘舊業

藥爐經卷半新吟閒眠白晝三杯醉靜對青松一曲琴

更看他年棲隱處蓬山樓閣五雲深

過燕京和陳秀玉韻

回首親朋半土丘嗟予十稔浪西遊半生兵革慵開眼
一紙功名暗點頭下士笑予謀計拙至人知我謂心憂
再行不憚風沙惡鶴跡雲蹤任去留
君恩猶未報山丘自笑遐方汗漫遊客過玉關驚白髮
夢遊金谷覓蒼頭冷官待罪予爲歉陋巷居貧君不憂
猶望道行澤四海敢辭沙漠久淹留
狐死曾聞尚首丘悲予去國十年遊崑崙碧聳日落處
渤海西傾天盡頭君子云亡真我恨斯文將喪是吾憂

尚期晚節回天意隱忍龍庭且强留
餘生不得樂林丘猶憶丁年選勝遊幾帙殘編聊映眼
一張衲被且蒙頭貔貅已報西門役柱石猶懷東顧憂
自料荒疎成棄物菟裘歸計乞封留
空驚滄海變陵丘白晝分明夢裏遊除妄楔邊重出楔
求真頭上更安頭亨通富貴剛生喜苦惱悲愁强作憂
斫斷葛藤閒伎倆繫驢橛子不能留

還燕京題披雲樓和諸士大夫韻

閶上披雲第一重離離禾黍漢家宮窗開青瑣招晴色
簾捲銀鈎揖曉風好夢安排詩句裏閒愁分付酒杯中
静思二十年間事聚散悲歡一夢同
和威寧珍上人韻
十載西遊志已灰南征又自大梁迴扶持佛日慚無力
賛翊皇風愧不才舊約未能林下去新詩常寄日邊來
何時杖履烟霞裏一笑伸眉得共陪
和李德修韻

明明聖主萬邦君神武雕弓挽六鈞時有逸人遊闕下
更無騷客弔江濵衣冠師古乗殷輅歷日隨時建夏寅
厚德深仁施萬世巍然一代典謨新

湛然居士集卷三

欽定四庫全書

湛然居士集卷四

元　耶律楚材　撰

和吕飛卿韻

舊説飛卿詞翰全風神渾似晉名賢吟詩校子三十里押韻輸君一着先筆迹查牙森似戟詞源浩汗注如川好詩好字獨予得准備擕將帝里傳

再用韻贈國華

學道宗儒難兩全湛然深許國華賢儒門已悟如心恕道藏能窮象帝先似海詞源涵萬水如鯨飲量吸長川而今一識君侯面始信清名不浪傳

謝飛卿飯

一鞭羸馬渡天山偶到雲川暫觧鞍獨守空房方丈穩更無薄酒一杯残詩書半蠧絶來客釜甑生塵笑冷官賴有覺非道號飛卿憐野拙長鬚為我饋盤飧

再用韻紀西遊事

河中西域尋思子城西遼目為河中府花木蔽春山爛賞東風縱寶鞍蜀得晚瓜過臘半藏來秋果到春殘親嘗芭欖寧論價自釀蒲萄不納官常嘆不才還有幸滯留遐域得佳飡

再用韻贈摶霄以摶霄戒肉罷鷹犬故以是詩美之

凛凛風神白玉山罷遊鷹犬逞金鞍瑤琴高掛么絃絶犧易頻翻斷簡殘息念如僧還有髮忘形見客似無官伽陀誦罷爐薰冷一鉢蔬羹當曉飡

再用韻謝非熊召飰

行盡遐陬萬里山十年飄泊困征鞍春風燕語歸心切
夜月猿啼客夢殘聖世因時行夏正愚臣嗜數媿春官
誰知賢帥開青眼掃灑西菴名我飡

再用韻唱玄

籐條擊破鐵圍山倒跨白牛不鞴鞍講疏僧歸經卷亂
坐禪人起佛燈殘為學未必如為道選佛從教勝選官
百事湛然都不念秖知渴飲與饑飡

再用韻

雲山疊疊復雲山瘦馬羸韉矮面鞍瀚海去程千驛遠
揚州歸夢五更殘塵緣淡處應忘世逸興濃時好解官
二頃良田何必覓春山笋蕨亦供飡
和摶霄韻代水陸疏文因其韻為十詩
資生無畏濟人深便見能仁六度心塵世捐財矜苦厄
寒林洒飯拔幽沉既臨巨海鈎神物試叩洪鐘伺好音
今日湛然攀舊例珠纓休惜掛祇林
新朝威德感人深渴望雲霓四海心東夏再降烽火滅

西門一戰塞煙沉顒覩頒朔施仁政竚待更元布德音

好放湛然雲水去廟堂英俊政如林

論道西庵愛慕深推誠片片露丹心瑶琴莫撫相如引

寶鼎休焚韓壽沉花氣渾如三角串松風全似五絃音

清談終日忘歸思不覺昏鴉噪晚林

五派分流道愈深塵中誰識本來心穿心土椀元無漏

没底膠船却不沉山色水光呈妙相烏啼猿嘯露圓音

雲霞活計無求飽何事狂童作肉林狂童一作獨夫

前生未了妄緣深薄宦相縈負夙心只見淵明能印棄
誰知居士解舟沉窮通榮辱皆真夢毀譽稱譏盡假音
中隱冷官閒況味歸心無日不山林
居士才微學未深靜思寧不媿中心難忘北海千鍾酒
虛負西菴一炷沉綺語傚顰賡險韻瑤琴學步鼓純音
此番公案休拈出秖恐相傳入笑林
新詩效玉起予深獨有搏霄我許心真迹居塵聊俯仰
高名與世任浮沉同成雅會清茶話共賞枯桐白雪音

他日歸休約何處燕山叅謁萬松林

賢帥文章藴藉深雲川傾盖便同心掀髯談道藥燈灺抵足論文塞月沉有眼句中君得意無絃琴上我知音沉舟誤捉波中月莫學當年李翰林

浪迹西遊歲月深臨風誰識湛然心斯文將喪儒風歇真智難明佛日沉佳茗暫嘗轟雪浪正聲聊作鼓雷音年來逸興十分切准備求真入道林

漁磯舊隱荻花深塵世寧忘昔日心兩岸清風罩舸穩

瀟江明月一鉤沉饑來煑稻無兼味醉後鳴榔笑五音
閙卧煙蓑春夢斷不知潮起沒青林

寄賈摶霄乞馬乳

天馬西來釀玉漿革囊傾處酒微香長沙莫吝西江水
文舉休空北海觴淺白痛思瓊液冷微甘酷愛蔗漿涼
茂陵要洒塵心渴願得朝朝賜我嘗

謝馬乳復用韻二首

生涯簞食與壺漿空憶朝回衣惹香筆去餘才猶可賦

酒來多病不能觴松窗雨細琴書潤槐館風微枕簟涼正與文君謀此渴長沙美湩送予嘗

肉食從容飲酪漿羞酸滑膩更甘香草囊旋造逡巡酒樺咢頻傾瀲灔觴頻解老饑能飽滿偏消煩渴變清涼長沙嚴令君知否只許詩人合得嘗

贈搏霄筆

一札霜毫綴上枝管城家世出東涯遼東筆鋒端有口能談景紙上無聲解寫詩免向江淹求彩筆莫學班氏棄

毛錐贈君聊助文房用賦就離騷寄我知

再用韻寄摶霄二首

玉立堂堂紫桂枝雲川中隱寓天涯風神蕭散能談道格調清新解作詩鄙論我甘蒙醬瓿予作辨邪論摶霄嘗讀之雄才君已露囊錐澄澄胸次人誰識秖有清風明月知

斫倒霜筠節外枝雖言法界有邊涯筌蹄意盡閑周易脂粉情忘束詰詩去歲生涯猶說斂今年活計更捐錐威音那畔真消息試問瞿曇也不知

再用韻别非熊

靈木垂芳桂兩枝非熊佳譽動西涯倦聽琴阮嫌狂客
飽看經書厭小詩成德羨君垂竹帛虛名嗟我類刀錐
會難别易堪惆悵何日重來誰得知

愛子金柱索詩

文獻陰功絶比倫昆蟲草木盡承恩我為北闕十年客
汝是東丹九世孫致主澤民宜務本讀書學道好窮源
他時輔翼英雄主珥筆承明策萬言

贈賈非熊搏霄一首

二陸尊賢擅美聲月評難弟亦難兄西菴麈麈談三界北觀攜琴論五行休道酒仙無太白須知詩伯有飛卿奇人輻輳君門下占斷西州好士名

和李振之二首

半紙功名未可呈無心何處不安生十年滄海塵空起百歲黄粮夢乍驚舊逕既荒松菊在丹誠不變鬢髯更年來漸有昇平望每恨栖雞半夜鳴

酷憶遥山寸碧呈歸耕何日樂餘生蠅營得失都無念
狗苟榮枯總若驚客夢覺來家萬里聲詩吟罷月三更
溟鵬本有衝天志直待三年再一鳴

非熊兄弟餞予之燕再用振之韻

藝逢知己敢相呈幾夜論文喜氣生筆陣我甘三舍退
詩壇君使四筵驚公初傾蓋冬將半予擬乘軺歲欲更
特與幽人助行色一聲寒角隔煙鳴

和連國華三首

歲月如流走兔烏求真可惜費功夫深源到底忘根柢
至道元來貴拙愚真理不空宜具眼太虛無面莫添鬚
直須穩坐長安好切忌途中認畫圖
安得長繩繫日烏天涯老却舊耕夫林泉放曠輸君樂
沙漠淹留笑我愚虎戰每驚涉虎尾龍飛不得採龍鬚
文章畢竟成何事富貴元知不可圖
月上南枝啼夜烏悲歌彈鋏嘆征夫愁邊逐日看周易
夢裏隨風謁大愚縱有征塵遮兩眼却無慚色上三鬚

真人已應千年運佇待河清再出圖

連國華餞予出天山因用韻

十年不得舜衣斑一憶江南膳欲寒黃菊候來秋自老
白雲望斷信何難軍中得句常横槊客裏傷心每據鞍
遊子未歸情幾許天山風雪正漫漫

還燕和吳德明一首

紛紛世態眩榮華靜裏乾坤本不譁琴阮生涯聊自適
詩書事業更何加 但期聖德澤天下敢惜餘生寄海涯

可笑燕然舊遊客倚樓悲我客程賒

又和橙子梅韻

可笑人心自短長誰知箇事不囊藏化成橙子舌兙味幻作梅英鼻覺香金卵似真隨變滅氷䰟元假却芬芳唯心識破同根旨何必臨風再舉觴

和竹林一禪師韻

富貴無心羨五侯隨時俯仰浪西遊斷無事業流千古靜看英雄混九州白鴈縱傳遐域信黄華却負故園秋

蒼生未濟歸何益一見吾山一度羞

西菴上人住夏禁足以詩戲之

觸處無非選佛堂一作都盧只是一禪牀東風何處避春光郡人無足充千界大地絕塵塞四方舉步踢翻滄海月轉身踏破白雲鄉快須擊碎閒家具說與西庵笑一場

送韓浩然用馬朝卿韻

開懷樽俎笑談傾未暇論文君已行富貴塗亨渠易致詩篇韻險我難賡已成傾蓋金蘭友安用沾襟兒女情

准擬秋深遻歸騎一尊濁酒遠相迎

戊子喜雨用馬朝卿韻二首

酷暑炎炎正不禁一聲雷震釀輕陰救回南畝十分旱變作西郊三日霖遍野桑疇青幄密連天麥壠緑雲深王孫喜雨登樓宴貰酒黄壚解帶金

生死輪迴苦莫禁不如學道惜分陰船乘没底聊相渡雲出無心强作霖不死鄉中靈草異長生刼外紫雲深茅山道士真堪笑虛費工夫煉五金

戊子餞非熊仍以吕望磻溪圖爲贈

昨夜白麻降日邊文章領袖遠朝天遥思御座分香賜更想龍庭命席前白面書生酬夙志黒頭邊帥領新權非熊應笑非熊老八十猶然釣渭川

和宋子玉韻

勇將謀臣滿玉京吾儕袖手待昇平荆榛至道常嗟我柱石中原豈捨卿日下有人叨肉食雲中高士振詩鳴思君興味如梅渴海印子玉道號也那能識此情

和李邦瑞韻二首

隴石奇才冠士林萬言良策起予深澤民致主傾丹懇邀利沽名匪素心我伴簿書無好思君陪風月有閒吟他年共約林泉下茅屋松窻品正音

謝君千里遠相尋傾蓋交歡氣義深筆硯生涯一作書劔因緣又作鐵石肝腸無異志金蘭氣味本同心揮毫解賦登高句緩軫能彈對竹琴此去鱗鴻知有便臨風無吝寄芳音

和邦瑞韻送奉使之江表

驛騎翩翩出玉京金符一插照人明莫忘北闕龍飛志
要識南陬鴂舌情布袖來朝無騎乘錦衣歸去不徒行
昇仙橋畔增春色郡守傳呼接長卿

和王正之韻三首

洪才碩德兩相宜雅操真堪擬鳳池富貴未終隨夢變
功名何在值時危奇辭解吐萬言策敏思能吟七步詩
但倩東風輕着力摩天鵬翼若雲垂
自慚不解告嘉謀十載韜藏僻一隅巨海洪深容棄物

新朝寬厚用愚夫亨時嘉會千年少聖主雄材萬代無文物規模皆法古佇看明詔起真儒望天輔德本無親樂道奚憂甑滿塵道泰小人當屏斥時屯君子自經綸浮雲富貴元千變昨夢繁華得幾春遇不遇兮皆是命吾儕休羡錦衣新楞嚴經云生死涅槃都如昨夢

祝忘憂居士壽

酷似燕山竇十郎靈椿初老桂枝芳兩朝厚遇垂千稔一日清名滿四方玉珮丁東照蘭省班衣搖曳悅萱堂

他年參到平常處便是長生不老鄉

蠟梅二首

越嶺仙姿迥異常洞庭春染六銖裳枝橫碧玉天然瘦
蕾破黃金分外香反笑素英渾淡抹卻嫌紅艷太濃粧
臨風浥此薔薇露醉墨淋漓寄渺茫

氷姿夢裏慕姚黃滴蠟凝酥別樣粧生妬向紅太濃淡
懶施朱粉自芬芳寒英深染薔薇露冷艷微薰篤耨香
受用清絶恣吟遶惜花一念未全忘

謝禪師闕　公寄閭山紫玉

方外閒人天一隅因風寄我紫雲腴起予妙理欺歡伯
滌我枯腸壓酪奴琥珀精神渾彷彿葡萄滋味較錙銖
禪師遠棄桃源路日日尋山摘此無

和鄭壽之韻

聖主龍飛日月新微才忝預股肱臣民財已阜錢如水
驛騎長閒塞不塵威鎮西陲輸定遠宴開東閣慕平津
何時收拾琴書去林下衣冠作舜民

寄沙井劉子春

寄語沙城老故人別來贏得鬢邊塵馬蹄踏破闤中月新句吟空河表春名利相縈余有歎琴書自樂子非貧何時策杖君家去再試淵明漉酒巾

和琴士苗蘭韻

徒步南來愛陸機公餘邂逅似相期高山韻吼千嵓木流水聲號半夜波聖德宛如歌治化南風猶似撫瘡痍曲終聲散無人會撩我高吟一首詩

和人韻二首

西域諸蕃古未知來王遠過禹封畿名山准擬金泥檢
古塞無勞羽檄飛世樂詎能敵靜樂蓑衣到底勝朝衣
年來痛憶閭山景月照茅亭水一園

干戈未斂我傷神自恨虛名誤此身否德詎能師百辟
微材安可步三辰箕裘謾嘆青氈舊勲業空驚白髮新
安得夔龍立廊廟扶持堯舜濟斯民

和武川嚴亞之見寄五首

當年西域未知名四海無人識晉卿扈從鑾輿三萬里

謀謨鳳闕九重城衣冠異域真余志禮樂中原乃我榮

何日功成歸舊隱五湖煙浪樂餘生

亞之平水久馳名亞之本絳陽人今寓居武川訓童為生壯歲題橋慕長

卿厭世德風如偃草驚人詩價比連城功名未立不為

慊仁義能行亦足榮此理幽微人不識莫言儒道拙謀

生

今年又得亞之詩每嘆風雲會遇遲拙運且淹童子役

雄材宜作帝王師羡君筆下揮千字知子胸中藴六奇
靜對西風和新句淒然南望動深思
誤忝綸恩斗印懸乏才羞到玉墀前効姦封事夢猶諍
許國忠誠老益堅仁政發從天北畔捷音來自海西邊
從今率土霑王化禮樂車書共一天
寥落龍沙寄此生情鍾我輩豈無情參商管鮑賢朋友
南北機雲好弟兄蓮葉飄香思晚浦梅花飛雪夢春城
故園日夜歸心切未濟斯民不敢行

己丑過鷄鳴山

三年四度過鷄鳴我僕徘徊馬倦登寂寞柴門空有舍蕭條山寺静無僧殘花濺淚千程別啼鳥傷心百感生今古興亡都莫問穹廬高卧醉騰騰

寄天山周敬之

當年傾蓋識君初爛飲天山駐使車秋去安仁空有賦鴈來公瑾又無書林巒紅葉如人老籬落黄華亦我疎為向天涯道岑寂强吟新句附雙魚

邦瑞乞訪親因用其韻

干戈擾擾戰交侵一紙安書直萬金兄子生還愁未解萱堂仙去恨尤深涕零倚木西風怨腸斷聞鈴夜雨淋養老送終眞有憾號天如割望雲心

和李邦瑞韻

趙老名言本兩忘庭前空有柏蒼蒼西江吸盡慵開口北載添來亦枯囊明月清風何所礙落花流水不相妨須知居士元無病底用千年舊藥方

湛然居士集卷四

欽定四庫全書

湛然居士集卷五

元　耶律楚材　撰

贈富察元帥七首

閑騎白馬思無窮來訪西城緑髮翁元老規模妙天下錦城風景壓河中花開杷欖芙蕖淡酒泛蒲萄琥珀濃痛飲且圖容易醉欲憑春夢到盧龍

積年飄泊困邊塵閑過西隅謁故人忙喚賢姬尋器皿

更呼遼客奏箏纂蒲萄架底蒲萄酒杷欖花前杷欖仁

酒釃花繁正如許莫教辜負錦城春

主人知我怯金觴特為先生一改堂細切黄橙調蜜煎

重羅白餅糝糖霜幾盤緑橘分金縷一碗清茶點玉香

明日辭君向東去這些風味幾時忘

使君排飫宴南溪不枉從君鳥亂西春鴈旋澆濃鹿尾

臘糟微浸軟駝蹄絲絲魚膾明如玉屑屑麝腥爛似泥

白面書生知此味從今更不嗜黄虀

筵前且盡主人心明燭厭厭飲夜深素袖佳人學漢舞
碧髯官妓撥胡琴輕分茶浪飛香雪旋擘橙盃破軟金
五夜歡心猶未已從教斜月下疎林
主人開宴醉華胥一派絲篁沸九衢黯紫蒲萄垂馬乳
輕黃杷欖爍牛酥金波泛蟻斟歡伯雪浪浮花點酪奴
忙裏偷閑誰若此西行萬里亦良圖
閑來羸馬過蒲華又到西陽太守家瑪瑙瓶中簪亂錦
琉璃鍾裏泛流霞品嘗春色批金橘受用秋香割木瓜

此日幽懽非易得何妨終老住流沙

庚辰西域清明

清明時節過邊城遠客臨風幾許情野鳥間關難解語山花爛漫不知名蒲萄酒熟愁腸亂瑪瑙盃寒醉眼明遥想故園今好在梨花深院鷓鴣聲

用鹽政姚德寛韻

乃祖開元柱石臣雲孫髣髴玉麒麟從來德炙輿人口此日恩霑聖世春欲草薦書學北海未開東閤娩平津

而今且試調羹手竚看沙堤繼舊塵

用照禪師韻二首

銀鈎全似趙周臣詩比黄華格調新道眼點開言外句禪心説破刼前春山中放浪無爲客林下逍遥自在人不犯清波垂釣處卧龍隨手出龍津

聖德洋洋雨露零蟲魚草木總歡榮妖氛斂禍堯風扇外道消聲佛日明

和薛正之見寄

賢臣聖主正時遭建策龍庭莫憚勞大壑波深翻巨鯉
高空風順過鴻毛一番制度新才術百代文章舊雅騷
勉力自強宜不息功名何啻泰山高

乞扇

屈曲圓裁白玉盤幽人自翦素琅玕全勝織女絞綃帕
高出湘妃玳瑁班座上清風香細細懷中明月淨團團
願祈數柄分居士顛倒陰陽九夏寒

壬午西域河中遊春十首

幽人呼我出東城信馬尋芳莫問程春色未如華藏富
湖光不似道心明土牀設饌談玄旨石鼎烹茶唱道情
世路崎嶇太尖險隨高逐下坦然平
三年春色過邊城萍跡東歸未有程細細和風紅杏落
涓涓流水碧湖明花林啜茗添幽興緑野觀耕稱野情
何日要荒同入貢普天鐘鼓樂清平
春鴈樓邊三兩聲東天回首望歸程山青水碧傷心切
李白桃紅照眼明幾樹緑楊摇客恨一川芳草惹羈情

天兵幾日歸東闕萬國懽聲賀太平
河中二月好踏青且莫臨風嘆客程溪畔數枝繁杏淺
墻頭千點小桃明誰知西域逢佳景始信東君不世情
圓沼方池三百所澄澄春水一時平
二月河中草木青芳菲次第有期程花藏徑畔春泉碧
雲散林梢晩照明含笑山桃還似識相親水鳥自忘情
遐方且喜豐年兆萬頃青青麥浪平
異域春郊草又青故園東望遠千程臨池嫩柳千絲碧

倚檻妖桃幾點明丹杏笑風真有意白雲送雨太無情
歸來不識河中道春水潺潺滿路平
四海從來皆弟兄西行誰復嘆行程既蒙傾蓋心相許
得遇知音眼便明金玉滿堂違素志雲霞千頃適高情
廟堂自有夔龍在安用微生措治平
寓跡塵埃且樂生垂天六翮斂鵬程無緣未得風雲會
有幸能瞻日月明出處隨時全道用窮通逐勢嘆人情
憑誰為發豐城劔一掃妖氛四海平

不如歸去樂餘齡百歲光陰有幾程文史三冬輸曼倩田園二頃憶淵明賓朋冷落絶交分親戚團圞説話情植杖耘耔聊自適笑觀南畝緑雲平

衰翁老矣倦功名繁簡行軍笑李程牛糞火熟石炕煖蛾連紙破兎窻明水中漉月消三毒火裏生蓮屏六情野老不知天子力謳歌鼓腹慶昇平

遊河中西園和王君玉韻四首

萬里東皇不失期園林春老我來遲漫天柳絮將飛日

遍地梨花半謝時異域風光特秀麗幽人佳句自清奇

臨風暢飲題玄語方信無為無不為

清明出郭赴幽期千里江山麗日遲花葉不飛風定後

香塵微斂雨餘時彫鐫氷玉詩尤健揮掃龍蛇字愈奇

好字好詩獨我得不來賡和擬胡為

異域逢君本不期湛然深恨識君遲清詩厭世光千古

逸筆驚人自一時字老本来遵雅淡吟成元不尚新奇

出倫詩筆服君妙笑我區區亦强為

風雲佳遇未能期自是魚龍上釣遲嵒穴潛藏難遯世
塵囂俯仰且隨時百年富貴真堪嘆半紙功名未足奇
伴我琴書聊自適生涯此外更何為

河中遊西園四首

河中春晚我邀賓詩滿雲箋酒滿巡對景怕看紅日暮
臨池羞照白頭新柳添翠色侵凌草花落餘香著莫人
且著新詩與芳酒西園佳處送殘春
河中風物出乎倫閒命金蘭玉斝巡半笑梨花瓊臉嫩

輕韆楊柳翠眉新衘泥紫燕先迎客偷蘂黄蜂遠趁人
日日西園尋勝槩莫教辜負客城春
幾年萍梗困邊城閑步西園試一巡圓沼印空明鏡瑩
芳莎藉地翠茵新幽禽有意如留客野卉多情解笑人
屈指知音今有幾與誰同享甕頭春
金鼓鑾輿出隴秦驅馳八駿又西巡千年際會風雲合
一代規模宇宙新西域兵來擒偽主東山詔下起幽人
股肱元首明良世高拱垂衣壽萬春

河中春遊有感五首

西河（尋斯干有西戎梭里檀故宮在焉）構室未全終又見頹垣遶故墉
緑苑連延花萬樹碧堤回曲水千重不圖舌鼓談非馬
甘分躬耕學卧龍糲食麄衣聊自足登高舒嘯樂吾慵

異域河中春欲終園林深密鎖頹墉東山雨過空青疊
西苑花殘亂翠重杷欖碧枝初着子葡萄緑架已纏龍
等閑春晚芳菲歇葉底翩翩困蝶慵

坎止流行以待終幽人射隼上高墉窮通世路元多事

巇險機關有幾重百尺蒼枝藏病鶴三冬蟄窟閉潛龍
琴書便結忘言友治圃耘蔬自養慵

西域渠魁運已終天兵所指破金墉崇朝驛騎馳千里
一夜捷書奏九重鞭策不須施犬馬廟堂良筭足夔龍
北窻高卧薰風裏儘任他人笑我慵

重玄叩擊數年終大道難窺萬仞墉舊信不來青鳥遠
故山猶憶白雲重自知勲業輸雛鳳且學心神似老龍
忙裏偷閑誰似我兵戈横蕩得踈慵

過閻居河四首

河氷春盡水無聲靠岸釣魚羨鑿氷乍遠南州如夢蝶
暫遊北海若飛鵬隋堤柳絮風何處越嶺梅花信莫憑
試暫停鞭望西北迎風羸馬不堪乘

北方寒凜古來稱親見陰山凍鼠氷戰鬬簷楹翻鐵馬
窮通碁勢變金鵬五車經史都無用一鶚書章誰可憑
安得衝天暢予志雲輿六馭信風乘

一聖龍飛德足稱其亡凜凜涉春氷千山風烈來從虎

萬里雲垂看舉鵬堯舜徽猷無闕失良平妙筭足依憑
華夷一混非多日浮海長桴未可乘
自愧聲名無可稱賢愚混世炭和氷竊鹽倉鼠初成蝠
噴浪溟鯤未化鵬賣劍學耕食粗遺買山歸老價難憑
秋江月滿西風軟何日扁舟獨自乘

感事四首

富貴榮華若聚漚浮生渾似水東流仁人短命嗟顏氏
君子懷疾嘆伯牛未得鳴珂遊帝闕何能騎鶴上揚州

幾時擺脱閒韁鎖笑傲烟霞永自由
當年元擬得封侯一誤儒冠入士流赫赫鳳鸞捐腐鼠
區區蠻觸戰蝸牛未能離欲超三界必用麾旄混九州
致主澤民元素志陳書自薦我無由
得不欣欣失不憂依然不改舊風流深藏鳳壁毋投鼠
好畜龍泉候買牛山寺幽居思少室梅花歸夢遶揚州
萱堂温凊十年闕負米供親愧仲由
人不知予我不尤濯纓何必揀清流良材未試聊躭酒

利器深藏俟割牛舊政欲傳新令尹新朝不識舊荊州
眉山云邁歸商路痛作新詩寄子由

壬午元日二首

西域風光換東方音問疎屠蘇聊復飲鬱壘不須書舊
歲昨宵盡新年此日初客中今十載孀母信何如
萬里西征出玉關詩無佳思酒瓶乾蕭條異域年初換
坎軻窮途臘已殘身過碧雲遊極樂手遮東日望長安
年光迅速如流水不管詩人兩鬢斑

過沁園有感

昔年曾賞沁園春今日重來迹已陳水外無心脩竹古雪中含恨瘦梅新垣頹月榭經兵火草没詩碑覆刼塵羞對覃懷昔時月多情依舊照行人

用劉正叔韻

參叩松軒積有年光塵融洩一愚賢視民每羡如芻狗治國常思烹小鮮只道牛邊休執杖誰知琴上亦忘絃湛然稍異香山老不學空門不學仙

西域家人輩釀酒戲書屋壁

西來萬里尚騎驢旋借葡萄釀綠醑司馬捲衣親滌器文君挽袖自當壚元知沽酒業緣重何奈調羹手段無古昔英雄初未遇生涯或亦隱屠沽

西域從王君玉乞茶因其韻七首

積年不啜建溪茶心竅黃塵塞五車碧玉甌中思雪浪黃金碾畔憶雷芽盧仝七碗詩難得諗老三甌夢亦賒敢乞君侯分數餅暫教清興遶煙霞

厚意江洪絶品茶先生分出蒲輪車雪花灔灔浮金蘂
玉屑紛紛碎白芽破夢一杯非易得搜腸三椀不能賒
瓊甌啜罷酬平昔飽看西山插翠霞

高人惠我嶺南茶爛賞飛花雪滿車是日作茶曾値雪玉屑三
甌烹嫩蘂青旗一葉碾新芽頓令衰叟詩䰟爽便覺紅
塵客夢賒兩腋清風生坐榻幽歡遠勝泛流霞

酒仙飄逸不知茶可笑流涎見麯車玉杵和雲舂素月
金刀帶雨剪黄芽試將綺語求茶飲特勝青衫把酒賒

啜罷神清淡無寐塵囂身世便雲霞
長笑劉伶不識茶胡為買鍤謾隨車蕭蕭暮雨雲千頃
隱隱春雷玉一芽建郡深甌吳地遠金山佳水楚江賒
紅爐石鼎烹團月一椀和香吸碧霞
枯腸搜盡數杯茶千卷胸中到幾車湯響松風三昧手
雪香雷震一槍芽滿囊垂賜情何厚萬里攜來路更賒
清興無涯騰八表騎鯨踏破赤城霞
啜罷江南一椀茶枯腸歷歷走雷車黃金小碾飛瓊屑

碧玉深甌點雪芽筆陣陳兵詩思勇睡魔卷甲夢魂賒
精神爽逸無餘事卧看残陽補斷霞

和冲霄韻五首

垂亡聖道賴君鳴坎軻休嗟道不行須信詩魔降筆陣
好將酒戰破愁城滔滔秋水如人志薄薄閒雲似世情
一舉冲霄知有日垂天萬里看鵬程
古今興廢不堪聽寵辱都如夢一驚韜略欣然推後進
琴書足以了餘生既知物物頭頭是誰問朝朝暮暮情

散盡迷雲何所有一輪秋月普天明

天涯索寞正窮秋衰草寒煙無盡頭葉底哀蛩空促織

雲間征鴈秪供愁酪漿滿引澆羊胛糲食隨緣薦鹿脩

試暫迴光樂真覺人間萬法一時收秪供愁一作謾書愁

星星華髮鏡中驚好賦歸與接淅行位重寧貪高一品

故園無憚遠千程晴天花絡春山色落日松和秋水聲

無恙閶峰三百寺遨遊吟嘯老餘生

古木殘陽映矮岡鴈行天際寫秋光霜蓑帶雨添愁色

晚菊和風送冷香濁酒三年渾未試黄粮九月得初嘗
龍沙且喜身强健南望幽人天一方

又一首

不見高陽舊酒徒臨風惆悵幾踟躕無窮真味思焦尾
有限浮生嘆白駒德望服人輸二陸文章重世媿三蘇
散材潦倒渾無用空作昂藏一丈夫

和冲霄十月桃花韻二首

桃源仙子憶劉郎不憚嚴冬雨雪凉紅雨已先初夏落

妖魂重對小春芳冷侵絳萼剛舒臉寒徹朱衣强噴香
誰向荒園樹蕭索數枝無語映斜陽
春生秋殺乃天常來往推遷炎與凉晚節正當陰氣塞
窮冬忽見小桃芳豈知木稟能成實僭與江梅敢並香
自媿備員調鼎鼐不知何事謬陰陽

用辥正之韻

無德慚為天下先湖山歸計好加鞭霜深尚有籬邊菊
風勁全無葉底蟬三弄瑶琴歌素月一尊濁酒醉蒼煙

鳳池分付夔龍去萬頃瀟湘屬湛然

湛然居士集卷五

欽定四庫全書

湛然居士集卷六

元 耶律楚材 撰

和景賢見寄

龍岡參透後三三髣髴前人何所嘶妙筆照人驚老字新詩入手想清談塵中名利予難出夢裏榮華君不躭准擬歸時便歸去閭山珍重舊禪庵珍重一作好在

用劉潤之乞冠韻

隱逸養幽慵飄蕭兩鬢蓬角巾折暮雨醉帽落秋風避暑掛石上銜杯漉酒中忘機任真率露頂向王公

西域河中十詠

寂寞河中府連甍及萬家蒲萄親釀酒杷欖看開花飽噉雞舌肉分飡馬首瓜（土產瓜大如馬首）人生唯問腹何礙過流沙

寂寞河中府臨流結草廬開尊傾美酒擲網得新魚有客同聯句無人獨看書天涯獲此樂終老又何如

寂寞河中府遐荒僻一隅蒲萄垂馬乳杷欖燦牛酥釀酒無輸課耕田不納租西行萬餘里誰謂乃良圖

寂寞河中府生民屢有災避兵開邃穴防水築高臺六月常無雨三冬却有雷偶思禪伯語不覺笑顔開

寂寞河中府頹垣遶故城園林無盡處花木不知名南岸獨垂釣西疇自省耕為人但知足何處不安生

寂寞河中府西流綠水傾衝風磨舊麥西人作磨風動機軸以磨麥懸碓杵新粳西人皆懸杵以舂春月花渾謝冬天草再生優游

聊卒歲更不望歸程
寂寞河中府清歡且自尋麻牋聊寫字葦筆亦供吟傘柄學鑚笛宫門自斲琴臨風時適意不負昔年心得故宫門堅木三尺許斲為琴有清聲
寂寞河中府西來亦偶然每春忘舊閏隨月出新年强策渾心竹難窮無眼錢異同何定據俯仰且隨緣西人不計閏以十二月為歲有渾心竹其金銅芽錢無孔郭
寂寞河中府聲名昔日聞城隍連畎畝市井半丘墳食

飭秤斤賣金銀用麥分生民怨來後簞食謁吾君

寂寞河中府遺民自足粮黄橙調蜜煎白餅糁糖霜救旱河為雨無衣壠種羊一從西到此更不憶吾鄉

西域和王君玉詩二十首

年來深欲買湖山貧病難酬絹五千歸去不從陶令請知音未遇孟嘗賢排愁器具思歡伯送老生涯乏貨泉惟有詩魂常伴我閒吟陶寫箇中玄

一髪燕然曉日邊寒雲疊疊亂山千萬里沙漠猶逢友

十室荒村亦有賢留客芳尊思北海驚人奇語憶南泉
思量萬事都渾錯勉力輪鎚好叩玄
君侯乘興寫佳篇牘得瓊琚價倍千妙筆一揮能草聖
新詩獨惠過稱賢半餅濁酒斟瓊斝七椀清茶泛玉泉
萬里西行真我幸逢君時復一談玄
健羨金鞍羨少年盈門劍客列三千須知執德元非德
况是無賢敢自賢不解彎弓射石虎誰能擊劍躍飛泉
黑頭勲業今何在壯歲功成愧謝玄

雲龍相感本乎天會合君臣歲一千西伯已亡誰老老
卜商何在肯賢賢鵷鶵未必輕倉鼠蚯蚓猶知下飲泉
巧拙是非無定據到頭誰解辨黃玄
奔走紅塵積有年深思雪澗竹竿千誰能世上全三樂
好向林間伴七賢筆下風生詩似錦甕頭春漲酒如泉
詩成酒罷寂無事靜几明窗誦太玄
竹徑風來自破禪脩篁青劍葉垂千爛吟風月元無礙
高卧煙霞未是賢迷處無由逃絆鎖悟來何處不林泉

縱橫觸目皆真理坐卧經行烏路玄

無滅無生不論年誰誇桃結歲三千休將真宰陪司命星名莫使明星動進賢星名有道不妨居闤市無心奚礙酌貪泉何能遠遯塵囂去且向人間養素玄

從他豪俊領時權指顧貔貅數百千禄禄餘生甘養拙明明聖代豈遺賢且圖混世啜醨酒勿謂濯纓憂濁泉莫道無為云便了有為何處不逢玄

浮生瞬息度流年唐漢興亡不半千清潔採薇輸二子

英雄濟世有三賢未能海上尋芝草且向塵中泛醴泉
醉興陶陶略相似無何鄉裏亦通玄
成敗興亡事可憐勞生擾擾幾千千調心莫若先離欲
治世無如不尚賢小楮豈能懐大器短繩那得汲深泉
直須箭透威音外不用無為不用玄
得得清歡樂自然不辭去國客程千翻騰舊案因君玉
唱和新詩有景賢每遇開尊邀素月常因盟手掬寒泉
衰翁自揣何多幸未死中間樂此玄

驚回午枕不成眠幽鳥關關近數千安世不知安世計
隱居常慕隱居賢幾行石榻圍松徑一簇茅齋繞㵎泉
掛起西軒風似水閒將犧易索幽玄

農隱生涯樂自天藥畦香壠僅盈千蠅營累世真堪笑
狗苟勞生未若賢帶月扶犁耕暮野衝雲荷鍤撥春泉
耘耔餘暇蓬窻底獨抱遺經考至玄

閒閒箇事本明圓一念纔興路八千生死既知皆是幻
功名猶戀豈能賢興來暢飲斟晴月醉後高歌枕碧泉

觸處逢渠何所礙不玄玄處卻玄玄
物物頭頭總是禪觀音應現化身千杜門宴坐無傷道
遯世幽居也是賢秖為看山開翠竹偶因煎茗汲清泉
靈雲點檢真堪笑不見桃花不悟玄
蓑衣狂脫暮江邊一醉寧論價十千老矣馮唐何所往
歸與陶令最為賢靈苗細細初盈圃春水涓涓漸滿泉
酒醒夢迴無箇事澄心忘慮體三玄
九重閶闔列羣官曳珮鳴珂及萬千雲水偷將屬野叟

功名迴施與時賢好憑定慧超三界不戀輪迴沒九泉
迅速光陰莫虛度迴光返照靜參玄
不學經書不說禪誰論芥子納三千忘形詩句追先覺
適意琴書慕昔賢白雪陽春吟雅調高山流水奏鳴泉
平時受用元無盡參透真空未是玄
鰥生詩僻慕詩仙（謂君玉也）亂綴狂吟數百千淺陋妄言嗤
後哲清新綺語媿先賢摧殘吟鬢星星髮傾倒詞源渾
渾泉韻險言窮無可說秖憑此句露深玄

和楊彦廣韻

三臺須要趁琵琶知已相逢兩會家雕斵勿傷石内玉縱横須放火中花探玄渾似三盃酒清興何消七椀茶誰識湛然端的處差徭隨分納些些

題平陽李君實此君軒

環榻森森蔭好涼此君風味詎能忘虚心悄悄生來勁直節亭亭老更剛雖與蓬蒿均雨露本同松菊傲風霜主人雅志元堪尚物以羣分類以方

西域有感

落日城頭鴉亂啼秋風原上馬頻嘶鴈行南去瀟湘北

萍跡東來烏鼠西百尺棟梁誰着價三春桃李自成蹊

功名到底成何事爛飲玻璃醉似泥

早行

馬馳殘夢過寒塘低轉銀河夜已央鴈跡印開沙岸月

馬啼踏破板橋霜湯寒卯酒兩三盞引睡新詩四五章

古道遲遲四十里千山清曉日蒼涼

自叙

信流乘坎過西天鉢裏吞針亦偶然只道一花剛點頟不知二子暗登肩既來此世難逃數且應前生未了縁俗眼見時難放過并賦陳首萬松軒

西域元日

凌晨隨分備樽罍辟瘟屠蘇飲一盃迂叟不令書鬱壘癡兒剛要畫鍾馗新愁又逐東風至舊信難隨春日來又向邊城添一歳天涯飄泊幾時回

西域寄中州禪老士大夫一十五首

恨離闕師太早淘汰未精起孺慕之念作是

詩以寄之

吾師道化震清都奔逸絶塵我不如近日虛傳三島信

幾年不得萬松書宗門淘汰猶嫌少習氣薰蒸尚未除

惆悵天涯淪落客臨風不是憶鱸魚

蒲華城夢萬松老人

辛巳閏月蒲華城夢萬松老人法語諄諄覺而猶

見其髣髴作詩以寄

華亭髣髴舊時舟又見吾師釣直鉤只道夢中重作夢不知愁底更添愁曾參活句垂青眼未得生侯已白頭撇下塵囂歸去好誰能騎鶴上揚州

寄巨川宣撫

巨川宣撫文武兼資詞翰俱妙陰陽歷數無所不通嘗舉法界觀序云此宗門之捷徑也今觀瑞應鶴詩巨川首唱焉嘆其多能作是詩以美之

歷數興亡掌上看提兵一戰領清官馬前草詔珠璣潤
紙上揮毫風雨寒昔日談禪明法界而今崇道倡香壇
諸行百務君都占潦倒鰥生何處安

寄南塘老人張子真

張侯風味詎能忘黃米曾令我一嘗昔予馳驛至漁陽道過南塘子真召
予一設黄飰抵死解官違北闕違生遯世釣南塘知來何假
靈龜兆昔論運氣頗知未來事作賦能陳瑞鶴祥豈是西邊無土
物不如詩句寄東陽

觀瑞鶴詩卷獨子進治書無詩

丁年蘭省識君初緩步鳴珂遊帝都象簡嘗陪天仗立
玉驄曾使禁臣趨只貪貰酒長安市不肯題詩瑞應圖
我念李侯端的意大都好事不如無

寄德明

德明寓燕作詩欲自絕且云但得為一飽死鬼足
矣士大夫憐之其詩末句有云功名拍手笑殺人
四十八年如一夢予每愛此兩句近觀彌勒下生

賦德明所作也因作詩以寄之

英雄志節本凌雲尚自飄零故國塵有道且同麋鹿友談玄能說虎狼仁幸然不作飽死鬼可惜空吟笑殺人彌勒下生何太早莫隨邪見說無因楞迦經第十卷云未來世有人敢糠愚癡種無因而非見破壞世間人故有是句

才卿外郎五年止惠一書

五年只得一書題路遠山長夢亦迷睡老黑甜酣順北公詩中自云䏚睡老有燕南順北之句冷官清淡泊遼西遼西故都之西也羨人

得志能如虎笑我乏材粗傚鷄佇看天兵旋北闕從今
不用玉關泥

寄清谿居士秀玉

鷦鷯猶久一枝棲不得燕山半土犂時復有琴歌碧玉
年來無夢遶清谿數行文字聊遮眼半紙功名若噬臍
回首故人今健否餘生甘老碧雲西

戲秀玉

辱書聞秀玉油房蕭索馬溺衛死田畝水災不勝

感歎清谿達士豈芥蔕胸中邪因作詩以戲之

清谿撇到打油房五衛凋零三徑荒未信塞翁嗟失馬須知禦寇覓亡羊東湖菡萏從君賞西域蒲萄輸我嘗各在天涯會何日臨風休忘老髯郎清谿嘗戲呼予為髯郎

寄張子聞

憶昔攜琴論太玄渠通太玄經湛然初識子聞賢迴頭葱嶺仍千里分手松軒已五年嘗會萬松老人丈室東望盧龍傾玉表西來青鳥闕金牋幾時重會燕山道一曲臨風奏水仙

予彈水仙公嘗學之

寄用之侍郎

用之侍郎攜書誡以無忘孔子之教予謂窮理盡性莫尚佛乘濟世安民無如孔教用我則行宣尼之常道舍我則樂釋氏之真如何爲不可也因作詩以見意云

蓬萊憐我寄芳牋勸我無忘仁義先幾句良言甜似蜜數行温語暖于綿從來誰識龜毛拂到底難調膠柱絃

用我必行周孔教舍予不負萬松軒

和正卿待制韻

布袖龍鍾兩眼塵丹誠如舊白頭新暮雲西畔猶懷漢
曉日東邊纔是秦酒賤不妨連夜醉花繁長發四時春
花繁酒賤無佳思誰念天涯萬里人

寄仲文尚書

知仲文尚書投老而歸嘆其清高作詩以寄

仲文曾作黑頭公輔弼明時播美風治粟貨泉流冀北

提刑姦跡屏膠東笑觀桃李新恩徧拜掃松楸老計終
西域故人增喜色萬全良策不謀同

雪軒老人邦傑久不惠書作詩怨之

當時傾蓋便忘年別後春風五度遷萬里西行愁似海
千山東望遠如天不聞舊信傳梅嶺試道新詩怨雪軒
更上危樓一迴首朝雲深處是燕然

謝王清甫惠書

西征萬里扈鑾輿高閣文章束石渠只道昔年周夢蝶

却疑今日我為魚一簪華髮垂垂老兩眼黃塵事事疎多謝貴人憐遠客東風時有寄來書

思親二首

孀母琴書老自娛吾山側近結蘧廬鬢邊尚結待賓髮昔予從征太夫人以髮少許賜予云俗傳父母之髮藏之可辟五兵今尚存焉篋內猶存教子書幼稚已能學土梗老兄猶未憶鱸魚誰知萬里思歸夢夜夜隨風到故居

昔年不肯卧茅廬贏得飄蕭兩鬢疎醉裏莫知身似蝶

夢中不覺我為魚故園屈指八千里老母行年六十餘何日掛冠辭富貴少陵佳處卜新居

思親用舊韻二首

前年驛騎過西陲聞道萱堂鬢已絲琴斷五弦忘舊譜菊荒三徑負疎籬筵前戲笑知何日膝下嬉遊看幾時欲附一書無處寄愁邊空詠滿囊詩

天涯唯仗夢魂歸破夢春風透客幃燈下幾時哦麗句太夫人昔有詩云挑燈教子哦新句冷淡生涯樂有餘筵前何日舞斑衣垂垂塞

北行人老得得江南遠信稀回首故園千萬里倚樓空望白雲飛

思親有感

骨肉星分天一涯萱堂何處憶孤兒排愁正賴無聲樂遣興學吟有眼詩麗句日逐三上爾香醪時復一中之年前漢使來西域笑我星星兩鬢絲

再過西域山城驛

庚辰之冬馳驛西域過山城驛中辛巳暮冬再過

題其驛壁

去年馳傳暮城東夜宿蕭條古驛中别後尚存柴户棘
重來猶有瓦窻蓬主人歡喜鋪毛毯驛吏蒼忙洗瓦鍾
但得微軀且强健天涯何處不相逢

辛巳閏月西域山城值雨

冷雲攜雨到山城未敢衝泥傍險行夜聽窻聲初變雪
曉窺簷溜已垂氷泪凝孤枕三停濕花結残燈一半明
又向茅亭留一宿行雲行雨本無情

十七日早行始憶昨日立春

客中為客已浹旬歲杪西邊訪故人杷欖花前風弄麥蔔蔔架底雨沾塵山城腸斷得窮臘村館䰟銷偶忘春今日喚回十載夢一盤凉餅翠蒿新

是日驛中作窮春盤

昨朝春日偶然忘試作春盤我一嘗木椟切開銀線亂砂瓶煑熟藕絲長匀和豌豆揉葱白西人薰餅必細剪蔞蒿點韭黄也與何曾同一飽區區何必待膏粱

西域蒲華城贈富察元帥

騷人歲杪到君家土物蕭疎一餅茶相國傳呼扶下馬將軍忙指買來車琉璃鍾裏葡萄酒琥珀瓶中杷欖花萬里遐荒獲此樂不妨終老在天涯將軍乃元帥子也

乞車

君家輪扁本多能碧軾朱轅照眼明居士此迴無馬坐郎官不可輒徒行陳遵投轄情何厚將行又留連數日靈輒扶輪報敢輕別更不須尋土物載將春色去東城

戲作二首

蒼顏太守領西陽招引詩人入醉鄉騕褭輕衫裁鴨緑葡萄新酒泛鵞黄歌姝窈窕髯遮口舞妓輕盈眼放光野客乍來同見慣春風不足斷人腸一種白葡萄酒色如金波

太守多才民富强光風特不讓蘇杭葡萄酒熟紅珠滴杷欖花開紫雪香異域絲篁無律吕吴姬聲調自宫商人生行樂無如此何必咨嗟憶故鄉

過太原南陽鎮題紫微觀壁三首

廷臣侍從茂前驅道侶忻奔迓使車縣吏喜聞新號令

村民爭認舊中書纍纍山果盈磁鉢薄薄濁醪半瓦壺

隱逸競詢新事跡幾時遷洛卜新都

吾皇巡狩用三驅萬騎千官奉帝車北闕春頒勸農詔

南陬夜奏報捷書士民安堵耕盈野老幼迎郊漿滿壺

佇看要荒歸一統天兵不日破東都

三教根源本自同愚人迷執強西東南陽笑倒知音士

反改蓮宮作道宮紫微觀舊佛寺也村人改佛像為道像故有是句

和松月野衲海上人見寄二詩

游子癡愚莫識家牛車遠棄愛羊車汪洋渤澥龍宫藏涓滴波瀾坎井蛙迷後萬言猶是少悟來千里不為賖叢林衲子空行脚遶徧天涯與海涯

小隱居山何太錯居鄽大隱絶憂樂山林朝市笑呵呵為報禪人莫動着

夢中偶得

庚辰正月夢旃檀刹澄公託萬松老人乞筭籌於

予予以九十一莖贈之仍作頌一絶覺而猶憶遂錄之為他日一笑云

昔年鉤隱索幽奇只向縱横枝上覓而今拍手笑呵呵九九元來九十一仍囑附頌者云若澄公道何不云八十一汝但應云果然果然拂袖便出

覺而自着語云幾日昏沉夢中挫五

賈非熊餞余用其韻

鑾轡和鳴車指南廷臣自愧侍龍驂平生慷慨貞夫一萬里別離盍友三老子此行無酒債故人歸計有禪

菴白雲野衲皆宗匠道眼因緣好細參

用李德恒韻

吾子棲遲尚布衣挑燈彈鋏壯歌悲阮生固已開青眼馬氏元來有白眉運拙巢由真可慕時亨房杜不難為男兒用舍奚憂喜三徑耕耘足自資

松月老人寄詩因用元韻

談禪講教不知家芳草漫漫去路差杓卜虛聲禾老皷盤星錯認洞山麻全無去就論空色誰有心情說照遮

松月野僧須薦取釣魚人是老玄沙

和薛正之韻

天涯倚遍塞城樓凝望冥鴻空自羞禮義不張真我恨干戈未戢是吾憂每憐丹鳳能擇食常笑黄能慢上鈎何日解縈償舊約扁舟蓑笠五湖遊

湛然居士集卷六

湛然居士集卷七

元　耶律楚材　撰

用李邦瑞韻

沉沉北海雪波深老眼增明寸碧岑未得一江活物水何酬四海望雲心我生有遇千年會自愧難為三日霖吾子倭然虛讚德臨風羞繼謫仙吟

寄平陽淨名潤老

驛騎新從平水迴知公無恙笑顔開出門不剪閒庭草
退步從生古殿苔玉鎻何須絟彩鳳金鈎毋得釣黄能
夜深織就無紋錦但有人來寄箇來

和鄭景賢韻

我愛龍岡老鳴琴自老成未彈白雪曲先愛氷仙聲但
欲合純古誰能媚世情林泉聊自適何必獻承明

和李茂才寄景賢韻

醒時還醉醉還醒尚憶輪臺飲興清瀚海波濤君忍聽

天山風雪我難行好學慷慨英雄操毋傚辛酸兒女情
但得胸中空灑灑天涯何處不安生

除戎堂

王師西征賢帥賈公留後於雲内築除戎堂於城
之西阿以練戎事儆武折衝高出前古予道過青
塚公召予宴於是堂鴻筆大手題詩灑墨錯落於
楹棟間皆讚揚公之盛德予因作二詩以陳其梗
槩云

除戎堂主震威名一掃妖氛消未萌不出户庭成廟筭
折衝樽俎有奇兵何須公瑾長江險安用蒙恬萬里城
坐鎮大河兵偃息居延不復塞塵驚
除戎廳事築城阿烽火平安師旅和遠勝長城欺李勣
徒標柱銅笑伏波服心不用七擒策禦侮何勞三箭歌
高枕幽窻無一事西人不敢牧長河

寄武川摩訶院圓明老人

臨行不暇别圓明禪客機關百變生明月清風都不會

落花流水兩無情只知嘗謁摩訶院誰道曾離歸化城
賓主相忘非聚散笑談松竹自清聲
新詩入手眼增明老作機鋒太峻生略序寒溫閒禮數
過承褒賞假人情羨君奮迅超真地笑我徘徊戀化城
且喜武川歸海若狂流萬派盡消聲
我愛圓明道眼明簡書時復寄鯫生談真辨妄輸達士
背正歸邪笑世情且隱驪珠光萬丈奚貪尺璧價連城
窮廬高枕無餘事靜聽潮轟北海聲

歸與不得傚淵明細碎功名誤此生客裏政如閒氣味
病來猶有好心情氷絲罷品昭君曲醉墨閒題蘇武城
受用觀音法無盡悲笳風送兩三聲
一扇儒風佛日明舍生從此樂餘生高人編簡尋長味
衲子林泉稱野情見道穀帛充廩藏喜聞流散集京城
自慚無德毗明主千里虛名浪播聲

和李漢臣韻四首

夢中身世鬢垂斑方士從誇藥駐顏性海一波含萬象

威音雙箭透重關圓融月水非生滅浩渺虛舟任往還
便好灰心養愚拙須知大智本閒閒

飛龍登九五歷數與天膺休運綿瓜瓞功臣列土封但
期酬子志奚慮枕吾肱千載聖人出休嗟見有恒

雲中棲隱養雄豪我愛先生一着高鼓腹詩鳴光聖世
雄文端可繼離騷

龍庭十載不知疲自恨無才出六奇欲著涓埃禪海嶽
虛名閙譽畏人知

和北京張天佐見寄

寫跡龍庭積有年功名已後祖生鞭鑠金衆口嫉居士好事獨君慕湛然許遠雲山分袂别幾時風雨對牀眠瓊華贈我將何報聊寄江南古樣絃

戊子繼武川劉搏霄韻

不得吾山卧翠霞西行行遍海之涯火風地水雖非我南北東西總是家驛騎親馳涉弱水星軺躬駕過流沙唯期聖德漸遐邇不憚龍庭萬里賒

憇解州郃薛村洪福院

天兵南出武陽東暫解征鞍憇梵宫玉像巍巍紅葉捧金容奕奕碧紗籠三秦繁盛如席卷兩晉風流掃地空唯有真如元不壞青山依舊白雲中

郃薛村道士陳公求詩

玄言聖祖五千言不説飛昇不説仙燒藥煉丹全是妄吞霞服氣茍延年須知三教皆同道可信重玄也是禪覷破異端何足慕紛紛皆是野狐涎

過金山和人韻三絶

金山突屼翠霞高清賞渾如享太牢半夜穹廬伏枕卧亂雲深處野猿號

金山前畔水西流一片晴天萬里秋蘿月團團上東嶂翠屏高掛水晶毬

金山萬壑鬬聲清山色空濛弄晚晴我愛長天漢家月照人依舊一輪明

謝王巨川惠臘梅因用其韻

雪裏氷枝破冷金前村籬落暗香侵令人多謝王公子
分惠幽芳寄好音

和王巨川題武成王廟

商辛自底滅亡期保障全空聚繭絲誰識華山歸馬日
易於渭水釣魚時

又用韻

不遇知音鍾子期逢人未敢理氷絲年來忘盡悲風操
空憶傷麟嘆鳳時

又一首

今年扈從入西秦山色猶如昔日新詩思遠隨秦嶺鴈征衣全染灞橋塵含元殿壞荆榛古花萼樓空草木春千古興亡同一夢夢中多少未歸人

和景賢七絶

一曲悲風和子彈穹廬聊復助清歡自慚未盡桐君趣老境方知道愈難

龍庭十載典南訛再品朱絃韻未和羡湩千鍾聊當酒

純音三弄且充歌
今日邊城又見君試彈流水熱梅䰟聲和塞色金𤀹潤
香散穹廬玉鼎温
雅操真堪坐廟堂積年仁義佐賢王鳴琴談笑澤天下
始信斯文天不亡
桐孫元採嶧陽林萬里攜來表素心聊爾贈君為土物
也教人道有知音
年來衰老四旬餘願與人間萬事踈惟有琴魔降不得

鳴球戛玉澈清虛一作莫來心地未清虛
知音重遇已忘憂況復邊山七月秋聯句絃歌清夜樂
人生適意亦何羞

又四絶

年來世事已參商但有聲塵尚未忘若向琴中定優劣
龍岡錯認老髯郎
撫弄桐君樂自然寥寥古意詎容傳伯牙點檢真堪笑
不遇知音便絶絃

幽人寥落思無窮付與軒昂一曲中欲罷不能行且止泣麟嗟鳳鼓悲風

接得新詩想咳談奇才獨步斗之南縱橫風月輸君手惟有枯禪不許參

和景賢二絶 嘗許景賢黄華墨跡景賢寄詩督予因和其韻以戲之

醉時還許醒時無謗有斯言正謂予未得素鵝白似雪等閒難與右軍書

龍岡才德古來無敏捷新詩正起予詞翰雙全妙天下

銀鈎深似魯公書

和高冲霄二首

十里東風渭水春臨風酹月弔英魂直須立事書麟閣何必題詩寄鴈門

翠華南渡濟蒼生垂老將觀德化成昨夜行宮傳好語秦川草木也忻榮

過天山和上人韻二絶

從征萬里走風沙南北東西總是家落得胸中空索索

凝然心似白蓮花

一入空門我暢哉浮雲名利已忘懷無心對鏡誰能識
優鉢羅花火裏開

過覃懷二絶

十年寥落隱窮廬驛使空來好信無再過覃懷覔陳迹
氷魂無恙影扶踈

信斷江南望驛塵十年辛苦嶺頭春而今重到覃懷地
却與梅花作主人

王屋道中

雪嶺風林渡古關畫圖曾見晉名賢而今好倩丹青手添我龍鍾一湛然

過天德用遷上人韻

行盡中原二百州黄能往往不吞鈎而今再出天山道收拾綸竿北海遊

贈遼西李郡王

我本東丹八葉花先生賢祖相林牙而今四海歸皇化

明月青天却一家

題張道人扇二首

誰裁雲扇綴春椶招引微涼枉費工何似踏開真境界

普天匝地起清風

真空境界本如如病眼生花認畫圖至道絶形剛著面

太虛無面更添鬚

題古并覃公秀野園

流水潛穿屋下籬青山屋上數峰奇佳園已有温公句

何必裴公更寫詩

題昭上人松菊堂

晴烟蒼節出墻青斜日黄華隔檻明松菊尚存歸未得湛然真箇太憨生

題平陽劉子寧玄珠堂

玄珠失却已多時縱使離婁枉用眉誰識這些關捩子再三撈摝始應知

題誌公圖

昔傳難貌誌公真我道斯言尚未親剎剎塵塵無處避
丹青也是本來人

題黃山墨竹便面

黃山落筆露全機底箇團圞太崛奇點破本來真面目
何妨節外更生枝

請住東堂

雲中豪俊構東堂便請禪師早發裝自有東山鐵餕餡
不妨拈出大家嘗

請倪公

倪公本是我同參道價崢嶸冠斗南千里雲山舊遊地何妨杖錫住西庵

請照老住華塔

華塔當年隱蟄龍轟雷掣電滿雲中而今却請還山去折脚鐺邊煑曉風

華塔照上人請為功德主

晉陽名刹僅千區華塔叢林冠一隅今日請予來領略

他年乞我一禪廬

請嵩公禪師詣天德作水陸大會

禪師久住賀蘭山心與白雲自在閑便好因風到人世
化為甘露滿人間

和賈摶霄韻二絕

舉世昏昏似醉眠悲哉不肯救頭然祖師點破新關捩
直指人心教外傳

西庵談道頓忘眠今日相逢亦偶然欲問瞿曇端的處

燈籠露柱却能傳

和高麗使三首

神武有爲元不殺寬仁常媿數興戎仁綏武震誠無敵

重譯來王四海同

揚兵青海西涼滅渡馬黄河南汴空百濟稱藩新内附

馳軺來自海門東

壯年吟嘯巢由月晚節吹嘘堯舜風兩鬢蒼蒼塵滿眼

東人猶未識髯公

夢中偶得

我愛湖山好茅齋遶澗泉道人閑受用不使半文錢

和武善夫韻三首

佐主焦勞力已殫微才安可濟時難開樽北海希文舉

攜妓東山笑謝安

雨露新恩君責重桑榆老境我年殘何時致政閭山去

三逕依然松菊寒

秋霖初霽覺新涼午夜東山月吐光翠竹無心甘晚節

黃花有意助年芳忠誠自許一心赤老境誰憐兩鬢霜
遥憶吾山歸未得故人書簡恐東陽

題寒江接舫圖

一派瀟湘萬里山閒騎凍騎點江天風帆雪棹知多少
認取華亭沒底船

題黃梅出山圖

祖佛不識山中主良才可惜遭斤斧肩擔明月過前峰
一時忘却曹溪語

夢中贈聖安澄老

一朿三人作一團了無前後亦無偏幾乎笑殺龎居士

擬問如何便著拳

跋定僧嵓

玉嵓三尺碧玲瓏入定僧迷一色功打入無明山鬼窟

不知何日透真空

詠探春花用高冲霄韻

風拂新芳映短墻典刑依約類丁香梅花欲謝渠先坼

消得東君為汝忙

寄休林老人一禪客論洞山公案渠謂洞山果有喫棒分因作頌以寄之

世上元無真是非叢林禪客自多疑此詩寄向并州去笑倒休林老古錐

過濟源登裴公亭用閒閒老人韻四絶

一抱青山插碧空平湖春水碧溶溶裴公亭畔千竿竹撩我詩情得得濃

珍玉參差照座寒閒閒佳句繼香山有樂天詩碑在焉湛然不

揆真堪笑也敢題詩列壁間
繞垣喬木碧天參松竹蕭蕭翳鏡潭他日攜琴來隱此
林間乞我一禪菴
碧湖風定水痕平雪竹幽禽自好聲我羨清源高隱士
干戈人世不知兵
再用前韻
山接晴霄水浸空山光灔灔水溶溶風迴一鏡揉藍淺
雨過千峰潑黛濃

撚髯坐語閒臨水仰面徐行飽看山竹裏忽聞春雪落
天教著我畫圖間
侍中庵底春山色裴老亭邊秋水聲脩竹茂林真隱地
但期天下早休兵
刼外玄機好細參他年卜築遶澄潭琴書活計無多子
秖與龍罔共一庵
復用前韻
水影連天天渺渺山光和水水溶溶一林脩竹揺雲碧

百畝涼陰蔽日濃
門外回環皆碧水亭中坐卧得青山凭欄盡日搜新句
思入煙霞縹緲間
幾時投老謁同參擬向君王乞鏡潭飰了遨遊容膝處
裴公亭與侍中庵一作爛賞裴公亭畔竹歸來容膝侍中庵
四海干戈尚未平不如歸隱聽歌聲情知文武都無用
罷讀詩書不學兵
再和西庵上人韻

不在尋求不在參誰分西北與東南雲川試入西庵去三聖元來共一庵

請真老住華塔

華塔叢林席久虚真公予請肯來無湛然拙偈呈君去便好攜瓶倒上驢一作笑倒當年十萬夫

請玉公住太原開化

大愚不了戻兒孫開化重興政賴君便請踏開關捩子何妨地炙與天薰

和薛伯通韻四絶

黄花紅葉滿秋山月浸銀河夜未闌寂寞梧桐深院落有人何處倚欄干

碧山裝點塞天秋老盡黄花蝶也愁拚醉東籬顛倒舞人間富貴一何樓

衰年且喜志微伸鏡裏驚看白髪新何日得遊雲水去秋江鷗鷺淡相親

虚名羈我未能歸羞見冥冥一鴈飛拜掃松楸定何日

不堪雙淚對君揮

和松菊堂主人昭老見寄三詩

松菊堂中老故人芝眉重謁我無因林松老節應依舊
籬菊寒英又一新
晉陽相遇亦前因分手歸來迹已陳松菊幽堂應冷淡
與君同話更何人
俊老茶毗四十年前身是我誤相傳香山聲價喧天下
爭似衰翁不會禪來詩謂予香山俊老之後身故以此解嘲云

洞山五位頌

正中偏

十月澄江徹底氷梅花江路破瑤英寒齋冷坐無人寐雪映書窻一夜明

偏中正

區區遊子困風塵就路還家觸處真芳草滿川桃李亂風光全是故園春

正中來

石女翩翻鳥道飛淵明琴上撫冰絲緩歌劫外陽春曲

慢舞盤中白雪詞

兼中至

涇渭同流無間斷華夷一統太平秋而今水陸車舟混

何礙冰人跨火牛

兼中到

水窮山盡懸崖外海角天涯雲更遮撒手轉身人不識

迴途隨分納些些

太陽十六題

識自宗

枯花老子徒饒舌面壁胡僧太㦣人更著洞山行過水吾宗從此永沉淪

死中活

百尺竿頭須進步無明鬼窟好抽身寒灰定爆真奇味枯木花開别是春

活中死

韶老須彌論過失廬陵米價認商量可憐一粒靈丹藥
嚥下喉嚨命已亡

不落死活

白雲深處有滄波半醉微醒哭更歌孤艇往來無繫絆
陰晴天氣曝漁蓑

背捨

人亡家破更何依退步懸崖撒手時去歲生涯無寸土
今年活計更忘錐

不背捨

通方大隱好居鄽手段能如火裏蓮九陌香塵烏帽底

一棹春水白鷗前

活分

垂衣端拱媿佳兵文化優游致太平昨夜濛濛春雨足

松筠花草一時榮

殺人劍

雪刃森森倚碧雲佛魔凡聖總亡魂水乾滄海魚龍死

火烈崐岡玉石焚

平常

寒來向火被添綿夏月臨風使扇便渴飲饑飡隨分過

閒中打坐困時眠

利道拔生

箇箇旣知迦葉富人人休怨釋迦慳破鐺煑得空華實

甑裏盛將鐵漢飡

言無過失

元知舌上無横骨須信喉中有轉關喚驢為龜人不肯直教迦葉也眉攢

透脱

瀟湘一片蘆花秋雪浪銀濤無盡頭何處漁歌發清響鷺鷥飛出白汀洲

透脱不透脱

重陽九日菊花新妙契忘言不犯春收得安南憂代北不知何日得通津

稱揚

從來箇事不囊藏刹刹塵塵為舉揚近日令嚴誰敢犯不教奪市與攙行

降句

鷲嶺默然全是影毗耶杜口本非真燈籠露柱呵呵笑誤殺浮生多少人

疎山佳佳莫忽忽龍牙且無祖師意須信欃牛另有方不犯鋒鋩震天地

方又圓

破船折棹殘蓑笠石女直鈎波上月方士徒誇鐵作金
道人秪要金成鐵

西域嘗新瓜

西征軍旅未還家六月攻城汗滴沙自愧不才還有幸
午風凉處割新瓜

天德海上人寄詩用元韻

知子無心謁五侯浮雲富貴豈能留華亭夜静西風軟

萬頃滄波浸月鈎

寄白雲上人用舊韻

上人別後未能參一首新詩自北南蕭寺深沉香火冷

白雲閒鏁舊禪庵

武川摩訶院請為功德主

昔日南遊又五春馬蹄踏遍武川塵而今却到經行處

且與摩訶作主人

和房長老二絶

只識瓶盤不識金瓶盤釵釧本真金一從打破疑團後
物物頭頭總是心
生死與涅槃都如昨夢耳覺後笑呵呵無彼亦無此

過平陽高庭英索詩强為一絶

一川秋色滿東籬鴈字行行自寫悲試問省菴何所省
黄花紅葉總堪詩

湛然居士集卷七

總校官進士臣程嘉謨
校對官編修臣朱　攸
謄録監生臣謝　仁

元·耶律楚材 撰

湛然居士集

（二）

中国书店

詳校官中書臣孫球

欽定四庫全書

湛然居士集卷八

元　耶律楚材　撰

醉義歌

遼朝寺公大師者一時豪俊也賢而能文尤長於歌詩其旨趣高遠不類世間語可與蘇黄並驅爭先耳有醉義歌乃寺公之絶唱也昔先人文獻公嘗譯之先人早逝予恨不得一見及大朝之西征

也過西遼前郡王李世昌於西域予學遼字於李
公期歲頗習不揆狂斐乃譯是歌庶幾形容其萬
一云

曉來雨霽日蒼涼枕幃搖曳西風香困眠未足正輾轉
兒童來報今重陽吟貌蒼蒼渾塞色客懷滾滾皆吾鄉
斂衾默坐思往事天涯三載空悲傷正是幽人嘆幽獨
東鄰攜酒來茅屋憐予病竄伶仃愁自言新釀秋泉麯
凌晨未盥三兩卮旋酌連斟折欄菊我本清癯酒戶低

爵懷開拓何其遠愁腸解結千萬重高談幾笑吟秋風
遙望無何風色好飄飄漸遠塵寰中淵明笑問斥逐事
謫仙遙指華胥宮華胥咫尺尚未及人間萬事紛紛空
一氣纔空開一器宿酲未解人先醉攜樽挈榼近花前
折花顧影聊相戲生平豈無同道徒海角天涯我遐棄
我愛南村農丈人山溪幽隱潛修真老病猶躭黑甜味
古風清遠迹猶逃喧囂避遯巖麓僻幽閒放曠雲泉濱
旋舂新黍爨香飯一尊濁酒呼予頻欣然命駕忽忽去

漠漠霜天行古路穿村迤邐入中門老幼倉忙不寧處
丈人迎立瓦盆寒老母自供山果酢扶攜齊唱雅聲清
酬酢温雨如甘澍謂予緑鬢猶可需謝渠黄髮勤相諭
隨分窮秋把酒巵席邊籬畔花無數巨觥深筭新詞催
閒詩古語玄關開開懷囑酒謝予意村家不棄來相陪
適遇今年東鄙阜黍稷馨香棲畝畒相邀斗酒不浹旬
愛君蕭散真良友我酬一語白丈人解釋羈愁感黄耉
請君舉酒無言他與君却唱醉義歌風雲不與世榮別

石火又異人生何榮利儻來豈苟得窮通夙定徒奔波
梁冀跋扈德何在仲尼削迹名終多古來此事元如是
畢竟思量何恠此爭如終日且開樽駕酒乘杯醉鄉裏
醉中佳趣欲告君至樂無形難說似泰山載斷為深極
長河釀酒斟酌之迷人愁客世無數呼來掐耳充罰卮
一盃愁思初銷鑠兩盞迷魂成勿藥爾後連澆三五卮
千愁萬恨風蓬落胸中漸得春氣和腮邊不覺衰顏却
四時為馭馳太虛二曜為輪輾空廓須臾從轡入無何

自然汝我融真樂陶陶一任玉山頹藉地為茵天作幕
丈人我語真非真真兮此外何足云丈人我語君聽否
聽則利名何足有問君何事徒劬勞此何為卑彼豈高
蜃樓日出尋變滅雲峯風起難堅牢芥納須彌亦閒事
誰知大海吞鴻毛夢裏蝴蝶勿云假莊周覺亦非真者
以指喻指指成虛馬喻馬兮馬非馬天地猶一馬萬物
一指同胡為一指分彼此胡為一馬奔東西人之富貴
我富貴我之貧困非予窮三界唯心更無物世中物我

成融通君不見千年之松化仙客節婦登山身變石木魂石質既我同有情於我何瑕隙自料吾身非我身電光興廢重相隔農丈人千頭萬緒幾時休舉觴酩酊忘形迹

題恒岳飛来石

無盡居士題恒岳之飛来石有偈云石落黄河北山銜白日西聰明厭血食悔不値元珪天下稱頌之為人磨毀字文漫駁不復識矣有仁上人自恒山來請予復書

是偈欲刋諸舊文之側予應之曰無盡之妙言昭如日月與天地而齊終豈風霆之能掩哉然不能拒上人之請勉為之書己丑清明日湛然居士漆水移剌楚材晉卿題

為慶壽寺作萬僧疏

竊以棲心物外已知四大之空寓跡塵中且賴十方之供矧五常尤尊於博施而六度首重於檀那不求郡國之英豪誰養林泉之跛挈芒鞋藜杖弗辭千里之勤㩳

食蔬羹好助萬僧之化謹疏

太原開化寺革律為禪仍命予為功德主因作

疏

竊惟昔年開化今日為禪已蒙智老拈香又請湛然作主尋行數墨一斶教院家門運水搬柴便有叢林氣息謹疏

為石壁寺請信公庵主開堂疏

竊呂達磨昔年莽鹵截鶴續鳧天寧今日顢頇證龜作

鼈可憐弄巧成拙不免出醜放乖我信公庵主受洞下之宗風珮却波天寧老人道號也之心印叅窮行說不到處踏開偏正未分前既已降尊就卑何愧壓良為賤逢場作戲請來鬧裏剃頭借水獻花便好穩處下脚謹疏

玉山圓明禪院請予為功德主因作疏

玉山乃雪嵓之故刹湛然實萬松之門人既是當家本非生客春風秋月長聯萬葉之芳晨香夕燈永祝一人之壽

萬卦山天寧萬壽禪寺命余為功德主因作疏

唯萬卦之古刹實萬松之舊遊有虛已彦公道號飛書請湛然作主勉為提領良慰慇懃山色水聲永作道人活計漁歌樵唱偷傳衲子家風謹疏

請某公庵主住竹林疏

狐死首邱是難忘於熟處心空及第何猶迷於故園栽某公庵主三頓打不回頭一唱全無入耳喫竹林飯椀竹林矢嗣竹林法傳竹林禪打翻哄盆莫忘竹林之重

德披毛帶角好種竹林之道場

請湛公禪師住紅螺山寺疏

祖禰不了慚惶碧眼之老胡兒孫受殃架構紅螺之大刹既是將錯就錯不免拈空拄空我湛公禪師韶陽遠孫摩訶嫡子穿透三句語擊碎十法門便好住持更休推讓滔天巔上只圖同看有毛龜絕頂山頭且要共栽無影樹謹疏

請容公和尚住竹林疏

慶壽慈悲拽欛犂而耕種竹林蕭洒嘆槽厰之空閒已讓位而逃宜見機而作我容公禪師一條生鐵脊兩片點鋼脣參透濟下沒巴鼻禪說得格外無滋味話呵佛罵祖且存半面人情揭海掀山别有一般關捩試問孤峯頂上何如十字街頭若是本色瞎驢好趂大隊既號通方水牯何必芒繩謹疏

請智公尼禪開堂疏

用管仲則安用豎刁則危賢愚政事參萬松則謗參延

洪則讚冷暖人情行窮萬里山川只是一天風月惟智公禪師本有丈夫志不學老婆禪拈却花冠弗裝珍御可駭特牛生㹀便好出頭勿謂牝雞司晨不敢下槃謹疏

代劉師請智公尼禪住報先寺 劉公隣居報先

洗垢無緣之遠井之救渴卜鄰有德故近寺而敬僧我智公禪師先禮報恩後參奉福遠如舊總近似新深溉鎖打開便請升堂啓户明燈剔起願希鑿壁偷光謹疏

請某庵主開堂疏

和尚拽碗子不離寺內老鼠拖胡盧只在倉中某公庵主先謁報恩再參奉福升回斗轉囤倒厫傾十分利不圖半文一石禪獨攬八斗莫學淘沙去米打破羅盆且來量土唱籌熱謾敲將謹疏

為慶壽寺化萬僧疏

隱迹林泉置死生於度外隨身瓶鉢寄口腹於人間欲隆三寶之風強遺萬僧之化何須異味唯求野菜淡黃

齋不用多般只要山田脱粟飯謹疏

請亨公菴主開堂疏

亨公庵主久叅萬松老人因縁不契再謁玉山大愚和尚不期月罷叅予過太原玉山寺僧請予作疏

萬松三頓不回頭玉山一釣便吞鈎大愚不似大愚老脇下三拳即便休

三學寺改名圓明仍請予為功德主因作疏

本無男女等相著甚名模強分禪教者流且圖施設粵三學之巨刹冠四海之名藍今改僧而舍尼遂從禪而革律邀印公為粥飯頭請湛然為功德主根深蒂固常聯萬葉之芳地久天長永祝一人之壽謹疏

平陽淨名院革律為禪請潤公禪師住持疏

竊以不居這那院好箇主人本無南北心悉為佛子謹請懷仁潤老來住平陽淨名翡翠簾前請看木人之舞琉璃殿上願聞布鼓之音謹疏

太原五臺寺請于為功德主因作疏

鎮三晉之雄藩有五臺之古刹獻花酌水改律為禪具疏慇懃請于領畧謹命休林常祝壽結箇好因緣為報文殊莫放光不打遮鼓笛謹疏

請定公庵主出世疏

少林九年打坐祇得半提曹溪五派分開全沒一滴雖是將無作有也要弄假像真我定公庵主洞下玄孫五臺嫡子解造無米粥能撫沒絃琴既已炙地薰天須要

掀天翻海正逢開化柱閑有力叢林便好出頭莫戀無明鬼窟謹疏

大龍山永寧石壁禪寺請忘憂居士為功德主

代為之疏

唯明月清風取之無禁者況龍巖石壁命予為主人煩我一心護持謝他兩手分付千嵓好景半文不費買山錢數紙閒言一狀便充商税契謹疏

代忘憂居士請琳公禪師住持壽寧禪寺疏

臨汶水之故邑有壽寧之巨藍歷代歸依百年煥顯乞
忘憂為功德主請琳公為粥飯人獨掌不浪鳴单手豈
成拍千年罕遇最難時節因緣一疏速來便是衲僧巴
鼻謹疏

為大覺開堂疏三道

竊以門裏安身已早荆棘漫地嵓中宴坐更知過犯彌
天請來借坐陞堂便好倩人問話引得轆轤轉也問甚
千遭萬遭快迭爐鼇熱時盛搭一箇兩箇

竊以雲門胡餅切忌咬嚼盧陵米價怎敢商量不甘公
案淆訛正要作家批判伏惟輿公和尚佩聖安之正印
透韶陽之上關莫守命鬼窟中三彈不動快橫身虎口
裏一勘便招
竊以逢人不出出則便為人旁觀者哂逢人便出出則
不為人當局者迷直須一箭透重圍不得三心或二意
自甘入室渾如豹膽熊心不肯陞堂却是蝨頭鼠尾
司天判官張居中六壬袪惑鈐序

予故人張正之世掌羲和之職通經史百家之學尤長於三式與予參商且二十年矣癸巳之春既克汴梁入覲於朝形容變盡唯語音存耳乘閒因出書一編曰六壬袪惑鈐予再四譯之引式明例皆有所據或有隱奥人所未通者釋以新説蓋採諸經之所長無所矛盾者取其折衷為一家之書近代未之有也求傳寫者既衆其同列請刋以廣其傳予忻然為引以題其端癸巳中秋日湛然居士漆水移剌楚材晉卿序

苗彥實琴譜序

古唐棲巖老人苗公秀實其名彥實其字博通古今尤長於易應進士舉兩入御闈而不捷乃拂袖去之公善於琴事為當世第一蓋嘗游於京師士大夫間皆服其高妙泰和中詔天下工於琴者侍郎喬君舉之於朝公待詔於秘書監予幼年刻意於琴初受指於待詔弭大用每得新譜必與棲巖商確妙意然後彈之朝廷王公大人邀請棲巖者無虛日予不得與渠對指傳聲每以

為恨壬辰之冬王師濟長河破潼關涉京索圍汴梁予奏之朝廷索樓巖於南京得之達范陽而棄世其子蘭挈遺譜而來凡四十餘曲予按之果為絶聲大率署令衞宗儒之所傳也余令録之以授後世有知音博雅君子必不以余為徒説云壬辰仲秋后二日湛然居士漆水移剌楚材晉卿序

答楊行省書

某再拜復書於行省閤下辱書諭及辭位事請聞奏施

行者惟聖代之深仁賞延於世偉閨門之內助責繫於夫故行省李公雖稽北覲之期頗著南伐之績時不適願天弗假年伏惟閣下族出名家世傳將種無兒女子之態有大丈夫所為吏民服心朝廷注意遂授東臺之任冀紓南顧之憂今也抑意陳書引年求退懼折鼎覆餗之患避牝雞司晨之譏雖曰謙尊有光曷若隨時之義分茅列土無忘北闕之恩秣馬厲兵可報西門之役令因人回謹復書以聞山川遼濶書簡浮沈比獲瞻依

更希調護不宣

進西征庚午元歷表

臣楚材言堯分仲叔春秋謹候於四方舜在璣衡旦暮

肅齊於七政所以欽承天象敬授民時典謨賁六籍之

大經首書其事堯舜為五帝之盛主先務厥猷皎如日

星紀之方冊由此言之有國家者律歷之書莫不先也

是以三代而下若昔大猷遵而奉之星歷之官代有其

人漢唐以來其書大備經元創法無慮百家其氣候之

早晏朔望之疾徐二曜之盈衰五星之伏見疎密無定先後不同蓋建立都國而各殊或涉歷歲年之寖遠不得不差也既差則必當遷就使合天耳唐歷八徙宋歷九更者良以此夫金用大明百年纔經一改此去中原萬里不啻千程昔密今疎東微西著以地遥而歲久故勢異而時殊庚辰聖駕西征駐蹕尋斯干城是歲五月之望以大明太陰當虧二分食甚子正時在宵中是夜候之未盡初更月已食矣而又二月五月朔微月見於

西南校之於歷悉為先天恭惟皇帝陛下德符乾坤明
並日月神武天錫聖智夙資邁唐虞之至仁追羲軒之
淳化冀咸神而底義故奉天而謹時重勑行臺旁求儒
者臣魚蟲細物草芥微人粗習周孔之遺書竊慕羲和
之陳迹俎豆之事靡遑諸已箕裘之業敢忘於心恨無
命世之大才誤忝聖朝之明詔欽承皇旨待罪清臺五
載有奇徒曠蓍龜之任萬分之一聊陳犬馬之勞既校
歷而覺差竊效顰而改作今演紀窮元得積年二千二

十七萬五千二百七十歲命庚辰臣愚以為中元歲在
庚午天啓宸衷決志南伐辛未之春天兵南渡不五年
而天下畧定此天授也非人力所能及也故上元庚午
歲天正十一月壬戌朔夜半冬至時甲子正日月合璧
五星聯珠同會虛宿五度以應我皇帝陛下受命之符
也臣又損節氣之分減周天之杪去交終之率治月轉
之餘課兩曜之後先調五行之出沒大明一失於是一
新驗之於天若合符契又以西域中原地里殊遠創立

里差以增損之雖東西數萬里不復差矣故題其名曰
西征庚午元歷以紀我聖朝受命之符及西域中原之
異也所有歷書隨表上進以聞伏乞頒降玄臺以備行
宮之用臣誠惶誠懼頓首頓首謹言

西游録序

古君子南逾大嶺西出陽關壯夫志士不無銷黯予奉
詔西行數萬里確乎不動心者無他術焉蓋汪洋法海
涵養之效也故述辨邪論以斥糠孽少答佛恩戊子馳

傳來京里人問異域事慮煩應對遂著西游録以見余志其間頗涉三聖人教正邪之辨有識予之好辨者予應之曰魯論有云必也正名乎又云思無邪是正邪之辨不可廢也夫楊朱墨翟田駢許行之術孔氏之邪也西域九十六種此方毗盧糠瓢白經香會之徒釋氏之邪也全真大道混元太一三張左道之術老氏之邪也至於黄白金丹導引服餌之屬是皆方技之異端亦非伯陽之正道疇昔禁斷明著典常第以國家創業崇尚

寛仁是致偽妄滋彰未及辨正耳古者嬴秦燔經坑儒唐之韓氏排斥釋老辨之邪也孟子闢楊墨予之黜鄒辨之正也予將刋行雖三聖人復生必不易此說矣已丑元日湛然居士漆水移剌楚材晉卿序

辨邪論序

夫聖人設敎立化雖權實不同會歸其極莫不得中凡流下士惟務求奇好異以眩耳目噫中庸之為德也民鮮久矣昔良以此夫吾夫子云中人以下不可以語上

也老氏亦謂下士聞道大笑之釋典云無為小乘人而說大乘法三聖之說不謀而同者何哉蓋道者易知易行非撳天拆地翻海移山之詭誕也所以難信難行耳舉世好乎異罔執厥中舉世求乎難弗行厥易致使異端邪說亂雅奪朱而人莫能辨悲夫吾儒獨知楊墨為儒者患辨之不已而不知糠蠥為佛教之患甚矣不辨猶可而況從而和之或為碑以紀其事或為賦以護其惡噫天下之惡一也何為患於我而獨能辨之為患於

彼而不辨反且羽翼之使得遂其奸惡豈吾夫子忠恕之道哉黨惡佑奸壞風傷教千載之下罪有所歸彼數君子曾不捫心而靜思及此也耶予旅食西域且十年矣中原動靜寂然無聞適有永安二三友以北京講主所著糠孽教民十無益論見寄且囑予為序予再四譯之辨而不怒論而不謾皆以聖教為據善則善矣然予辭而不序焉余以謂昔訪萬松老師以問糠孽邪正之道萬松以予酷好屬文因作糠禪賦見示予請廣其傳

萬松不可予強為序引以行之至今庸民俗士謗歸於萬松予甚悔之今更為此序則又將貽謗於講主者也謹以萬松講主之餘意借儒術以為比述辨邪論以行世有謗者予自當之安可使流言餘謗汙玷山林之士哉後世博雅君子有知我者必不以予為囁嚅云乙酉日南至湛然居士漆水移剌楚材晉卿敘於西域瀚海軍之高昌城

寄趙元帥書

楚材頓首白君瑞元帥足下未審邇來起居何如昔承京城士大夫數書發揚清德言足下有安天下之志仍託僕為先容僕備員翰墨軍國之事非所預議然行道澤民亦僕之素志也敢不鞭策駑鈍以羽翼先生之萬一乎僕未達行在而足下車從東旋僕甚怏怏夫端人取友必端矣京城楚卿子進秀玉輩此數君子皆端人也推揚足下談不容口故知足下亦端人也然此僕於足下少有疑焉若夫吾夫子之道治天下老氏之道養

性釋氏之道修心此古今之通議也舍此以往皆異端耳君之尊儒重道僕尚未見於行事獨觀君所著頭陁賦序知君輕釋教多矣夫糠蘗乃釋教之外道也此曹毁像謗法斥僧滅教弃布施之方杜懺悔之路不救疾苦敗壞孝風實傷教化之甚者也昔劉紙衣扇偽説以惑衆迨今百年未嘗聞竒人異士羽翼其説者夫君子之擇術也不可不慎今君首倡序引黨護左道使後出陷邪歧墮惡趣皆君啓之也千古遺恥僕為君羞之糠

蠻異端也輒與佛教為比萬松辨賦甘泉勸書反以孟
浪巨蠹之言處之以此行已化人僕不知其可也僕為
足下輕釋教者良以此也夫於所厚者薄無所不薄君
既輕釋教則儒道斷可知矣君之於釋教重糠蠻於儒
道則必歸楊墨矣行路之人皆云足下吝嗇故奉此曹
圖其省費故也昔諸士大夫書來咸謂足下以濟生靈
為心且吾夫子之道以博施濟衆為治道之急誠如路
人所說則吾夫子之道亦不可行矣又將安濟生靈乎

又君序頭陀賦云冀請宗師祈冥福以利斯民足下民
之儀表也崇重糠蠥毀斥宗師將使一郡從風漸化斷
知斯民罪惡日增矣又將安以利斯民乎僕謹譔辨邪
論以寄幸披覽之更請涉獵藏教稽考儒書反復參求
其邪正之歧不足分矣僕素知君為邪教所惑亦未敢
勸諭君不以僕不才轉託諸士大夫萬里相結為友故
敢以區區忠告易曰方以類聚物以羣分經云士有爭
友故身不離於令名若知而不爭安用友為若所尚不

同安可為友或萬一容納鄙論便請杜絶此輩毁頭陀賦板以雪前非如謂僕言未當則請於兹絶交夏暑比平安好更宜以遠業自重區區不宣

萬松老人評唱天童覺和尚頌古從容菴録序

昔予在京師時禪伯甚多唯聖安澄公和尚神氣嚴明言辭磊落予獨重之故嘗訪以祖道屢以古昔尊宿語録中所得者叩之澄公間有許可者予亦自以為得及遭憂患以來功名之心束之高閣求祖道愈亟遂再以

前事訪諸聖安聖安翻案不然所見予甚惑焉聖安從容謂予曰昔公位居要地又儒者多不諦信佛書惟捜摘語録以資談柄故予不敢苦加鉗鎚耳今揣君之心果為本分事以問予予豈得猶襲前愆不為苦口乎予老矣素不通儒不能教子有萬松老人者儒釋兼備宗説精通辨才無礙君可見之予既謁萬松杜絶人迹屏斥家務雖祁寒大雨無日不參焚膏繼晷廢寢忘餐者幾三年誤被法恩謬膺子印以湛然居士從源目之其

參學之際機鋒罔測變化無窮巍巍然若萬仞峰莫可攀仰滔滔然若萬頃波莫能涯際瞻之在前忽焉在後回視平昔所學皆磈礫耳噫登東山而小魯登泰山而小天下者豈虛語哉其未入閫域者聞是語必謂予志本好異也唯屏山閑閑其相照乎爾後奉命赴行在扈從西征與師相隔不知其幾千里也師平昔法語偈頌皆法隆公所收今不復得其藁吾宗有天童者頌古百篇號為絕唱予堅請萬松評唱是頌開發後學前後九

書間關七年方蒙見寄于西域伶仃數載忽受是書如醉而醒如死而甦踴躍歡呼東望稽顙再四披繹撫卷而歎曰萬松來西域矣其片言隻字咸有指歸結欵出眼高冠今古是為萬世之模楷非師範人天權衡造化者孰能與於此哉予與行宮數友旦夕游泳於是書如登大寶山入華藏海巨珍奇物廣大悉備左逢而右遇目富而心飫豈可以世間語言形容其萬一邪予不敢獨擅其美思與天下共之京城惟法弟從祥者與僕為

忘年交謹致書請刋行於世以貽來者迺序之曰佛祖
諸師埋根千丈機緣百則見世生苗天童不合抽枝萬
松那堪引蔓湛然向枝蔓上更添芒索穿過尋香逐氣
者鼻孔絆倒行玄體妙底脚根向去若要脚根點地鼻
孔撩天却須向這葛藤裏穿過始得甲申中元日漆水
移剌楚材晉卿敘於西域阿里馬城

評唱天童拈古請益後録序

雪竇拈頌佛果評唱之孳節碧巖録在焉佛果頌古圓

通善國師評唱之覺海軒録在焉是臨濟雲門互相發揚矣獨洞下宗風未聞舉唱豈曲高和寡耶抑亦待其人耶必有通方明眼判斷尚未晚也昔佛鑑拈八方珠玉集至及其半每至曹洞夾嶺石霜三宗機縁留付佛果今佛鑑佛果拈八方珠玉集具在愈可疑焉三大老後果有天童覺和尚拈頌洞下宗風為古今絶唱迨今百年尚無評唱者予參承餘暇固請萬松老師評唱之欲三宗成鼎峙之勢忍掐覆餗貞吝之譏今評唱頌古

從容菴録巳大播諸方評唱拈古請益後録時老師年巳六十有五矣循常首帶佛事人情晷隙之間侍僧請益旋舉旋録皆不思而對應筆成文凡二十七日百則詳備神鋒頴利於斯見矣若夫據令於臨濟棒喝以前發機於雲門三句之外豈更與佛果圓通殘餕爭長哉俊快衲子舉一明三瞥見全鼎則潙仰法眼雙鉉亦宛然矣但恐信不及徒勞話歲寒也吁壬辰重陽日湛然居士漆水移剌楚材晉卿序於天山

燕京崇壽禪院故圓通大師朗公碑銘

師諱祖朗姓李氏薊州漁陽人也九歲出家禮燕京大聖安寺圓通國師為師大定十三年京西弘業寺受具至二十一年改弘業為大萬安禪寺有司承制師充知事厥後拂衣駐錫聖安復為舉充監司崇壽禪院者實圓通國師退老之舊居也以師為宿舊之最承安間堅請師為宗主住持一歷十稔又奉勅選香林禪寺開山提點凡三載勅賜總持大德答其勤也既而崇壽復請

住持載閱五春貞祐間奉勅改賜今號度門徒凡十有一人咸有肖父之風焉師前後輔翼叢林不憚艱苦讓功責已潛德密行不可槩舉師以壬午之仲冬十有四日示寂於崇壽僧臘五十三俗壽七十四師將順世預名其屬徒笑謂曰生縁我將盡矣屬徒退而相謂曰師神色自若若無他疾安得遽有是事邪后七日師命侍僧執筆代書頌云咄遮皮袋常為患害繼祖無能念佛有賴來亦無來去亦無礙曰大各離一時敗壞且道還

有不敗還者麼良久云浮雲散盡月昇空極樂光中常自在語竟乃閉目跏趺而寂於是遐邇緇素弔祭如雲嘉聲遠震愈光於生前矣其弟子輩瘞靈骨於師翁靈塔之左去京城之南可三里之許丁亥之冬予奉詔搜索經籍馳傳來京有庵主志奥者師之受戒弟子也晚得法於聖安澄公圓照大禪師以僕素與朗師善囑予求碑銘僕素受師之純古灑落與之遊者久矣師嘗云予晚節愈堅於持誦日念彌陀聖號數萬聲方止譬如

抱河梁而浴又何害焉今聞師之寂也七日預知時至雅符龍猛祖師之證無乃持誦之驗與噫聖人豈欺我哉豈欺我哉萬松老人為宗門之大匠四海之所式範素慎許可嘗贊師之真曰德馨燔沈靈骨鏗金訥於言而敏於行璞其貌而玉其心勅選提封於國寺天資飽練於禪林子徒知寒蟬將蜕尚嫋餘吟吾以謂陞圜通之堂者稽古依然接武於方今云萬松見許如是人可知矣僕聞師侍從圓通國師最久而又臨終之際超然

自在疑必得法於國師或因緣未合或受國師密訓不令出世亦石霜素侍者之儔侶歟崇壽禪院方丈法堂叢林制度一如聖安師久據而不請禪伯住持者亦猶素侍者平欺老黄龍下視兜率悦之意歟予恐後世明眼人責備於賢者累師之重德故雪之於此後之子孫當幹父之蠱毋蹈前轍以玷師之高名焉湛然居士再拜而作銘曰

偉哉朗公誕跡漁陽師侍圓通達奥穿堂肅然寢命屢

提國寺退巳讓人舉廢修墜兒孫衆多酷奉彌陀心期極樂遊厭娑婆擺手便行預知時至臘五十三壽七十四奔喪赴祭緇素駢闐嘉聲遐播愈盛生前京南之原荼毗靈骨素塔陵空朗師不歿佯癡放憨素公同參莪視兜率平欺圖南不邀宗匠冷閒方丈垂手無人老殘龍象予聞君子責備乃賢毋以微瑕累乎大全云予云孫幹父之蠱載震師名永揚萬古

貧樂庵記

三休道人稅居於燕城之市榜其庵曰貧樂有湛然居士訪而問之曰先生之樂可得聞與曰布衣糲食任天之真或鼓琴以自娛或觀書以自適詠聖人之道歸夫子之門於是息交游絶賓客萬慮泯絶無毫髮點翳於胸中其得失之倚伏興亡之反覆初不知也吾之樂良以此耳曰先生亦有憂乎曰樂天知命吾復何憂居士進曰予聞之君子之處貧賤富貴也憂樂相半未敢獨憂樂也夫君子之學道也非為已也吾君堯舜之君吾

民堯舜之民此其志也使一夫一婦不被堯舜之澤者君子恥之是故君子之得志也位足以行道財足以博施不亦樂乎持盈守謙慎終如始若朽索之馭六馬不亦憂乎其貧賤也卷而懷之獨潔一己無多財之禍絶高位之危此其樂也嗟流俗之末化悲聖道之將頹舉世寥寥無知我者此其憂也先生之樂知所謂矣先生之憂不其然乎道人瞪目而不答居士笑曰我知之矣夫子以謂處富貴也當隱諸樂而形諸憂處貧賤也必

隱於憂而形諸樂何哉第恐不知我者以為洋洋於富貴戚戚於貧賤也道人曰他人有心予忖度之吾子之謂矣請以吾子之言以為記丙子日南至湛然居士漆水移剌楚材晉卿題

自贊

別來十年五歲依舊一模一樣髭鬚垂到腰間眉毛儼然眼上龜毛錐子畫虛空寫破湛然閒伎倆

有髮禪僧無名居士人道甚似我道便是塵塵剎剎露

全身紙上毫端何處避

燕京大覺禪寺剏建經藏記

遼重熙清寧間築義井精舍於開陽門之國旁有古井清涼滑甘因以名焉今朝天德三年展築京城仍開陽之名為其里大定中寺僧善祖有因緣力道俗歸嚮者衆朝廷嘉之賜額大覺貞祐初天兵南伐京城既降兵火之餘僧童絶迹官吏不為之恤寺舍悉為居民有之戊子之春宣差劉公從立與其僚佐高從遇輩疏請奥

公和尚為國焚修因革律為禪奥公罄常住之所有贖
换僚舍悉隷本寺稍成叢席可容千指瑞像殿之前無
垢淨光佛舍利塔在焉殘缺幾仆提控李德者素黨於
糠蠥不信佛教至是改轍施財完葺其塔繼有提控晋
元者施蔬圃一區於寺之南以給衆用糊口粗給庚寅
之冬劉公以狀聞朝廷指提院所貯餘經一藏乞遷於
本寺安置許之於是奥公轉化檀樾創建壁藏斗帳龍
龕一週凡二十架飾之以金繪之以彩窮工極巧焕然

一新計所費之直白金百笏能事告成累書請湛然居士為記余慨然曰昔古聖人之藏書也貯之以金櫃寫之於琬琰重道尊書以示於將來也浮屠氏之建寶藏者亦猶是乎吾夫子刪詩定書明禮贊易六經之下流為諸子春秋以降散為史書較其卷軸不為不多矣兵革以來率散落於塵埃中吾儒得志於時者曾無一人為之裒集置之淨室安之寶架豈止今日也哉成平之世間有儒冠率集士民修葺宣聖之廟貌者曾未卒功

已為有司糾劾矣且以擅興之罪罪之噫吾道衰而不振者良以此夫昔雪巖示寂於玉山時萬松老人方應詔住持仰嶠訃問既至不俟駕而行遇完顏子玉諸塗子玉嘆曰士人聞受業之師物故也雖相去信宿之地未聞躬與其祭者豈有千里奔喪者耶佛祖之教源遠流長者有自來矣子玉屢以此事語及士大夫今奧公禪師非為子孫計無取功名心汲汲皇皇丐乞於道路唯以佛宫秘藏為務可謂不忘本矣予已致書於諸道

士大夫之居官守者各使營葺宣父之故宫亦由奥公激之也云癸巳中秋日記

湛然居士集卷八

湛然居士集卷九

元　耶律楚材　撰

和張敏之詩七十韻

敏之學士遠寄新詩七十韻捧讀之餘續貂以尾聊資一笑

壯年多轗軻晚節歎行藏故國頹綱鐵新朝明德香雄材能預筭大略固難量迭出神兵速無敵我武揚本圖

服叛逆何止剪譸張西討窮于闐東征過樂浪彗侵天壘壁光動太白鋋整整車徒盛鱗鱗旗鼓望天皇深責重賢帥廟謨藏江左將禽楚河陽已滅商英雄皆入彀強禦敢跳梁採訪軒車鬧司農官吏忙輕徭常力足薄賦不財傷勲業趨秦漢規模邁帝王流言無管蔡奇計有平良增奇新文物耕耘古戰場蛟龍方奮迅鵬鶚得翱翔偶遇風雲會爭依日月光永疇千古恥一怒四夷攘虎帳十年夢龍庭幾度霜迎降初請命出郭遠相將

父敵眞宜死寛恩何一作未敢當赦書民有幸歌詠壽無
疆扶杖聽黃詔稱觴進白狼散財竭庫藏拔將出戎行
殷絶仁猶在周傾道不亡來詔燕郡内入覲大君傍戎
服貂裘紫星軺駮馬蒼中春辭北望初夏過西凉瀚海
滋而湧陰山彷且徨閒雲迷去路疏雨潤行裝出處空
興嘆風光自斷腸典刑陳故事利病上封章天下援深
溺中州冀小康風俗承喪亂籌策要優長痼疾如神附
遊魂笑鬼張仁術能骨肉靈藥起膏肓避禍宜緘口當

言肯括囊遭讒心欲剖涉苦膽先嘗北漠絶窮域西隅抵大洋詩書猶不廢忠信未能忘饘補連腮帳繩穿朽脚牀郊行長野興人静若禪房回鶻交遊熟崐崘事跡詳風煙多黯黯雲水兩茫茫災變垂乾象妖氛翳太陽髯龍三島去玉葉一枝芳明主初登極愚臣敢進狂九疇從帝錫五事合天常大樂陳金石朝服具冕裳降升分上下進退有低昂拓境時方急郊天且未遑應兵無刃血降虜自壺漿安堵無更肆因敵不餽粮宸心尊德

義聖政濟柔剛恩澤涵諸夏威稜震八荒勢連西域重
天助北方強舉我陪三省求賢守四方錦衣捐毳褐肉
食棄糟糠隱逸求新仕流亡集故鄉百官欣戴舜萬國
願歸唐耕釣咸生遂工商樂未央會將封泰岳行看建
明堂每嘆才雕篆長慙學面牆君恩予久負賢路我深
妨覆餗恒憂懼持盈是恐惶故山松徑碧舊隱菊花黄
太守方遺舄初平政牧羊厚顔居此位苦已納於隍吟
嘯須歸去香山老侍郎

再用張敏之韻

我愛張公子丁年蚤退藏施為宜法則議論自馨香元氣却不死深陂豈可量兒時供府薦壯歲已名揚汲汲尊尼父堂堂類子張遷居擇鄰里濯足揀滄浪作傳編毛穎談玄說劒鋩奇才千古重令聞萬民望氣壓四明客調窮三耳藏典謨師我舜雅頌起予商綿蕞曾陳漢仁術屢說梁本非中酒困長為和詩忙道長茹連拔時衰心獨傷篆文遒似李隸字楷如王青眼予能作白眉

君最良萬言陳國利一戰捷文場出海游龍舞騰空翥
鳳翔十全君子行一代士林光句法吾師範詩材我竊
攘忠心常向日直節欲凌霜文没歲云久道亡天未將
狂瀾時既倒木鐸子宜當德業能純粹學術靡理疆衡
天憎燕雀當路惡豺狼綺語吟千韻宸章掃十行行藏
關治亂出處卜興亡郡隸清河上家居杜曲傍登科年
甫冠修史鬢初蒼仙觀嘗新焚宮園醉晚凉朝天恭蹴
踖退食獨彷徨得暇多休沐游山小治裝一卮持竹葉

左手把無腸官酒澆三斗宮詞唾百章阮聲師校尉琴訣受嵇康似玉風神異如蘭氣味長坦懐無戚戚明見笑倀倀草檄堪醫疾鍼詩可治肓博聞敵武庫高價重珠囊憂患經多故艱難已備嘗悲歌聲歷歷雅調韻洋洋造次必於是中心何日忘生涯兩書篋香火一禪牀海上尋徐福壺中覔長房流傳雖若此眞偽甚難詳水國波奔激仙鄉路渺茫孫身朝北闕皓首嘆東陽險韻嚼佳句殘英嗅冷芳仁人今尚在箕子本佯狂洪範明

皇極彝倫敘有常百王遺禮樂三代舊軒裳會補南極
缺能令北斗昂無媒言囁嚅失志思迴遑秋老空悲扇
天涼反責漿却來頻渭釣又絶在陳粮志道衰猶夢依
仁老更剛故家三徑遠薄土一廛荒混混常無捨乾乾
體自強率躬能省已行道不踰方寧恥身衣褐誰嗟日
食糠起歌明月夜舒嘯白雲鄉綺夏終辭漢巢由固避
唐名極得三者柴立杌中央榮遇傳金馬題名刻玉堂
未窺君所藴徒見子之牆遺欲絶形累無貪不行妨一

瓢渠槳逸陋巷我憂惶𢡖易韋編暗麟經古卷黄著述

導輔嗣去取笑公羊再辨麟絶筆重箋城復隍焦桐人

不識獨有蔡中郎

讀唐史有感復繼張敏之韻頗有脂粉氣息遷

就聲韻故也呵呵

唐室承平久遺賢不遁藏羅紈桑幄膩餅餌麥疇香馬

牧初蕃息民編莫校量邊臣閒虎略衞士斂鷹揚禁苑

晨鐘動梨園錦障張披香風細細太液水浪浪河漢明

方潤長庚淡不鉟羽旄儀兩列冠蓋道相望諫士陳休
戚廷臣論否臧金石歌大雅琴瑟奏清商青鳥迷鴛瓦
烏衣遶畫梁供張官府備殽饌太官忙共享清時樂殊
無謗議傷含元朝百辟花萼宴諸王主上貞觀聖官僚
魏鄭良歲餘開武講春首闢文場異寶浮淮水餘粮朽
鳳翔諸羌來入衞百濟請觀光關塞沈烽火鄉閭息寇
攘三春常若雨六月不飛霜聖德躋朝夕仁心本就將
俯知人意順仰視帝心當彍騎輕關内精兵重北疆朝

廷潛巨蠹方鎮養貪狼粉面三十輩金釵十二行持盈
當忌滿居治不知亡相罷曲江去權移林甫傍華清高
屼屼驪嶠碧蒼蒼金屋眠春曉溫泉浴暮涼披庭花爛
漫閣道路彷徨宮監金犀飾妖姬珠玉裝危絃驚醉耳
哀調斷柔腸燈燭暉鵁鶄絲篁沸建章奢淫幾桀紂純
儉劣成康擊柝宮城邃傳籌禁漏長謀懽長汲汲沈醉
若倀倀未悟薪及爇誰知病已肓人横碧玉笛腰佩絳
香囊嶺表千山遠荔枝三日嘗仙衣吹渺渺蓮舸泛洋

洋力士權誠重楊釗寵不忘承恩趨寶座奏事近牙牀熒惑頻侵斗秋陽弗集房人心咸怨怒天象不披詳易水聲嗚咽燕山水鬱茫盜賊充上郡鼙鼓起漁陽殺氣凌金闕繁霜殞玉芳環兒剛賜死天子懼如狂戰士皆忍變姦臣亦易常空閒塵羯鼓誰舞舊霓裳忠義心徒順英雄志自昂翠華搖曳曳鑾馭去遑遑禁籞危供豕村民路進漿隘兵蜀道險餉口益州糧靈武兵聲振汾陽意氣剛復收京闕克重治寢園荒賊勢時深蹙官軍

力益強羽書傳劍閣龍駕返南方御府仍無酒飢民尚噉糠邛都求道士蓬島覔仙鄉符使將歸漢真妃猶憶唐金釵分一股鈿合擘中央揮涕春風殿傷心秋月堂梧桐籠院砌桃李映宫牆佳夢真難得幽懽頗有妨春宵成怨憶秋夜愈悲惶尚記脩眉緑猶思半額黄強舒鸞被翠閒殺輦車羊陵谷俄驚海滄浪已變隍臨風一巵酒聊復酹三郎

次韻黄華和同年九日詩十首

黃華和同年九日詩以採菊東籬下悠然見南山為韻予愛而繼之前敘思歸之心後述參玄之志所謂倒食甘蔗者也

秋香真可人不為無人改自慚寒昔盟東籬子空待我

獨搖酒巵不得寒英採臨風望故園參商二十載

西風殘日秋有客嗟幽獨偶爾得香醪淒然憶霜菊世態屢遷變人生多返復十年一夢中猶未黃粱熟

無花復無蝶不似今秋窮黃花歲歲別九日年年同我

居北海南子在西山東公子會何日一醉閒愁空
當年别吾山曽與黄花期富貴非子志卜築臨東籬今
也違初心知我者其誰掛冠猶未遂寄此相思詩
無意戀三公有心辭駟馬洛陽失金谷間山有别野芳
酒瀉盈尊秋香折盈把沈醉卧西風不讓棃花下
汩沒紅塵中辜負黄華秋林泉與朝市試問孰為優胡
然久沈首令我心悠悠酷思山水樂夢寐空神遊
歲月不我與彈指及衰年平生諳萬事抵死參重玄因

緣不可滯慎毋法自然兩邊都不立別有壺中天

無知豈眞知無見非眞見遮照玄縱橫機關千萬變虎

口幾橫身臨敵經百戰三折為良醫一交學一便

五流分洞下一派起湖南春水無心碧秋山著意嵐林

濟眞顛漢曹山放酒酣許多閑伎倆仔細好生參

水外猶逢水山前更有山原知非內外更不在中間測

海纔盈掬窺天見一斑樞機謾竭世一筆請君刪

寄雲中東堂和尚

雲中種出火蓮華到底東堂是作家伏手骨檛腰下劍
笑人家具手中蛇三玄戈甲徒心亂五位君臣莫眼花
只遮些兒難理會草鞋包裹破袈裟

謝萬壽潤公和尚惠書

多謝堂頭遠賜書驚人才筆我難如承當禪髓心無愧
供養佛牙力有餘幼子可襲先父業游人却到舊時居
箇中消息誰能悉玉女乘風跨鐵驢

燕京大覺禪寺與公乞經藏記既成以詩戲之

詞源老去苦無多強著閒文讚釋迦脅健兔毫生月窟光明繭紙出新羅金爐幾瓣龍涎燼玉板十分鳳墨磨此起科差真可笑湛然陪酒又陪歌新獲紫玉板硯於友人

寄龍溪老人乞西嵓香

寄語龍溪老古錐西嵓風韻我長思香錢緩發鳴琴後瓦鼎濃薰入定時比擬梅魂秖獨步品量龍腦可同馳湛然鼻孔遼天大穿過多時不自知

謝聖安澄公饋藥

一粒靈丹寄我嘗湛然回簡謝西堂殺活一草真難會藥病相治未易量仔細嚼時元不礙渾淪吞下也無妨聖安骨董知多少賣弄千年舊藥方

和王正夫韻

壯年自笑鬢先霜喜色眉間一點黄退食紫宸居鳳閣朝天丹闕列鴛行功名必要光前古富貴何須歸故鄉濟世元知有仁政活人不假返魂香

繼孟雲卿韻

歸與奚待鬢雙皤無限閭山聳岌峩萬壑松風思仰嶠千嵓煙雨憶平坡（仰山平坡皆燕然名刹也）開基氣槩鯨吞海適世生涯鼠飲河好買扁舟從此逝醉眠江國一漁蓑

次雲卿見贈

濟濟千官侍玉宸尊賢容衆更親親風雲際會千年少天地恩私四海均西狩一蘇張掖亂南巡重變大梁春車書南北無多日萬里河山宇宙新（一作會同文軌）

和王正夫憶琴

道人塵世厭囂塵白雪陽春雅意深萬頃松風皆有趣
一溪流水本無心忘機觸處成佳譜信手拈來揔妙音
陶老無絃猶是剩何如居士更無琴

繼宋德懋韻三首

聖人開運億斯年睿智文明稟自天旁午衣冠遊北海
縱横耕釣滿居延月氏入貢稱屬國日本觀光列户編
威震西濱千萬里漢唐鴻業亦虛傳
笑我區區亦強為故園荒矣欲何之讀書測海持蠡測

學道窺天以管窺疲俗不禁新疾苦濫官難撫舊瘡痍
才微任重宜求退自有當途國手醫
廣平流落寓平城親老家貧強苟生炎漢蕭曹賢政事
李唐房杜美聲名進求高譽千金重退隱閒身一葉輕
應繼開元舊勲業華堂鐘鼓對長檠

和平陽張彥升見寄

天兵出雲中一戰平城破居庸守將亡京畿遊騎還有
客赴澶淵予嘗倅開州無人送臨賀姦臣興獄逆時君遠遷

播聖主得中原明詔求王佐胡然北海遊不得南陽卧寵遇命前席客星侵帝座萬里金山行三經玉門過于闐歲貢修燉煌兵勢挫國維張禮義民生重食貨黜陟九等分幽明三載課小人絶覬覦賢才無轗軻功名本忌盈廟堂難久坐老矣盍歸來歸歟可重和俯仰不必愁寛宏從面唾清濁自沙汰精粗任揚簸賦性嗜疎閒高眠樂慵惰蒼雞粗庖充黄犢足犂拖幼子事耕鋤老妻供碓磨隨分養餘齡雖飢而不餓

跋白樂天慵屏圖

三盃兀兀元如道一覺昏昏恰似眞不識香山慵睡意知音自有箇中人

和請住東堂疏韻

東堂不肯卧西堂珍御鮮食別樣裝柱費青帘三百尺雲中公子不來嘗

寄倪公首座

亨監逃海淹虀䆗隆老成龍過禹門獨有倪公尚癡坐

幾時承繼萬松軒

和呂飛卿

一試戎衣大定初達賢不得退閒居盟津既渡諸侯喜親見王舟躍白魚

戲陳秀玉并序

萬壽堂頭自汴梁來遠寄萬松老師偈頌舊本有和節度陳公一絶云清谿居士陳秀玉要結蓮宮香火緣賺得梢翁摇艫棹却去到岍不須船噫三

十年前已有此段公案湛然目清谿為昧心居士者厥有旨哉僕未參萬松時秀玉盛稱老師之德業爾後少得受用皆清谿導引之力也每欲報之秀玉竟不一染指故作是詩以戲之

不見桃源路渺茫（騎驢覓驢）清谿招引到仙鄉（未嘗好心）湛然幸得齁齁飽（也須吐却）辟與些兒不肯嘗（恰似真个）

湛然居士集卷九

欽定四庫全書

湛然居士集卷十

元 耶律楚材 撰

扈從冬狩

癸巳扈從冬狩獨余誦書於穹廬中因自識云

天皇冬狩如行兵白旄一麾長圍城長圍不知幾千里
蟄龍震慄山神驚長圍布置如圓陣方騎雲屯貫魚進
千羣野馬雜山羊赤熊白鹿奔青麞壯士彎弓殞奇獸

更驅虎豹逐貪狼御閑有馴豹縱之以搏野獸獨有中書倦游客放
下籧篨誦周易

用秀玉韻

甲午之秋秀玉殿學遠以新詩寄東坡杖因用元
韻以謝之

七尺烏蚪乳節堅清谿寄我我忻然敢輕黒鐵三千兩
遠勝黄金百萬錢好句君堪坡老敵清詩予負定公先
他年攜此林泉去静倚松軒誦大全

送西方子尚

西方子尚氣凌雲一見忘年各任真陰德傳家宜有慶義方垂訓不違仁雄文固可魁天下確論曾無詭聖人天產英才須有意好將吾道濟斯民

用樗軒散人韻謝秀王先生見惠東坡杖

圓方頂足法高卑五九蒼蒼老節奇一日湛然獲二寶東坡鐵杖寂通詩

和邦瑞韻送行

幸有和林酒一尊尚醖出於和林城故有是句地爐煨火為君溫昔年相見與三嘆此日臨行贈一言士行莫忘直報怨人情須信害生恩而今躍入驚人浪珍重風濤過禹門

謝西方器之贈阮杖并序

了然居士素蓄東坡鐵杖洎地字號阮真絕世之寶也天兵既克汴梁先生擕二君來燕欲藏之恐不能終寶欲贈湛然南北相去不知其幾千里慮中道浮沈是以獻諸秀玉殿學田公奉御欲轉致

於予也甲午之秋陳田入覲果饋之於我因亂道
數語用酬厚意
雎陽三絕從來傳坡仙鐵杖為之先宋朝四美豈易得
地君神器稱乎賢了然居士隱洛瀍讀書好古有積年
擒龍捉日獲二寶寶之鑿棟屋壁穿龍庭萬里壘山川
欲來饋我嗟無緣將奪固與此理玄慇懃攜贈陳與田
陳田今歲來朝天惠然出賜穹廬前烏蚪入手蒼壁懸
恍然遺世如登仙長蛟倚壁光娟娟鱗介欲生如蜿蜒

澄澄秋月瑩朝鏡須臾洗盡余腥羶足方法地頂法乾四十五節松柏堅七尺烏金三十兩微篁瑟瑟鳴哀蟬雲頂纖纖空腹圓十三玉柱鴻翩翩躭躭雲坐踞猛虎巖巖山口雙雙絃鐵君伴我遊林泉足疾頓減衝雲烟臨風三弄碎瓊玉清商秋水聲涓涓安仁得此如臨淵子朋求杖不惜錢湛然坐受匪勞力不勝其服心胡然西方諷我求終焉故今二友相招延抱桐扶杖闖山嶺舉觴笑詠秋風邊了然居士作鐵君傳云長七尺重三十兩頂圓足方中有微篁凡四十五

節世傳嵇生造又云昔顯宗東宮時嘗讀東坡鐵杖詩因名侍臣鄭子明問杖之存亡子明以在睢陽為對因以數千緡購於張文定公之孫其孫藏之於屋棟子明竟不得一見云地字號阮亡宋之故物天地玄黃此四阮為絕寶也泰和間秘於禁中待詔孫安仁之姊以琴阮得入侍上以此阮賜之安仁屢求之其姊以阮見寄舊制宮掖中侍人不許與親戚通耗安仁冒法得之其好事有如此者故予引用其語

繼希安古詩韻

垂盡絲綸不上鈎冥鴻高舉弋無由不圖垂譽流千古安肯低眉謁五侯

和非熊韻

蠻觸功名未足誇掀髯一笑付南華他年擊破疑團後始覺從來盡眼花

和非熊韻

藹藹英聲鎮北州非熊人物本風流時逢佳客開青眼久領元戎尚黑頭已發豐城神劍出休嗟暗室夜光投驅兵經畧關中了題遍長安舊酒樓

過深州慈氏院

今年扈從次饒溝暫解征鞍慈氏遊世變刼灰何所有

人隨兵火鮮能留堂堂聖像孰曾識炳炳眞銓詎可求
醉墨淋漓灑塵壁使人知我過深州

用李君實韻

多病逢秋苦未宜天涯屈指故人稀塵飛滄海悲人世
夢斷黃粮笑錦衣靜樂浮榮難兩得宦情歸與本相違
高山流水無窮思撫弄絲桐為發揮

繼崔子文韻

崔子龍鍾亦可憐臨風相送我胡然君來玉塞三千里

余隱龍沙二十年美玉詎容藏韞櫝精金到底入鈞甄他時定下搜賢詔先到河東汾水邊

繼武善夫韻

老子年來酷愛閑不堪白髮映蒼顔十年興廢悲歡裏半世干戈寤寐間北闕欲辭新鳳閣東州元有舊間山熊經鳥引聊終老嵓下疎松正好攀

鼓琴

宴息穹廬中飽食無用心讀書費目力苦思嫌哦吟擕
蒲近博徒圍棊殺機深洞簫耗余氣篆筑惡鄭聲呼童
炷梅魂索我春雷琴何止銷我憂還能禁邪淫正席設
棐几危坐獨整襟尋徽促玉軫調絃思沈沈清聲鳴鶴
鸞古意鏘石金秋水洗塵耳秋風振高林清興騰八表
成連何必尋絃指忽兩忘世事如商參泥塗視富貴畫
夜等古今湛然有幽居秖在閭山陰茅亭遶流泉松竹
幽森森擕琴當老此歸去投吾簪

扈從羽獵

湛然扈從狼山東御閑天馬如遊龍鷙狐突出過飛鳥霜蹄霹靂飛塵中馬上將軍弓挽月脩尾蒙茸卧殘雪玉翎猶帶血模糊騄駬嘶鳴汗微血長圍四合匝數重東西馳射奔追風鳴鞘一震翠華去滿川枕籍皆豹熊自笑中書老居士擁鼻微吟弓矢廢向人忍恥乞其餘瘦兔瘸獐紫駝背吾儒六藝聞吾書男兒可廢射御乎明年準備秋山底試一如臯學射雉

狼山宥獵

扈從車駕出獵狼山園既合奉詔悉宥之因作是

詩

君不見武皇校獵長楊裏子雲作賦誇奢靡又不見開元講武驪山傍盧山修史譏禽荒二君所為不足法徒令千載人雌黄吾皇巡狩行周禮長圍一合三千里白羽飛空金鏑鳴狡兎雄狐應弦死翠華駐蹕傳綸四開湯網無掩羣天子恩波沐禽獸狼山草木咸忻忻

對雪鼓琴

君不見党侯賞雪斟羊羔蛾眉低唱白雲謠慷慨尊前一絶倒高談濶論誇雄豪又不見陶穀開軒收竹雪旋燒活火烹團月笑撚吟鬚吟雪詩冷淡生活太清絶清歡濁樂爭相高至人視此輕鴻毛嗜音酣酒元麄俗瀹茶嚼句空劬勞龍庭飛雪風淒冽天地模糊同一色數巵美湩温如春三弄悲風絃欲折酪奴歡伯持降旌詩聲歌韻不敢鳴党武陶文都勘破真識此心無一箇

寄冰室散人

佳人元不是摩僜幻術因循污此生對雪解吟飛絮句滅燈能審斷絃聲鳳樓瀟洒閒瓊管冰室深沈冷玉笙好訪龍溪善知識傳燈何啻摠持名三學尼長老道號龍溪老人

寄平陽潤和尚

張彥升寄平陽潤和尚所著金盞兒十首因作詩

寄潤公

十首新詞寄我時淨名手段我獨知解將沒孔鐵鎚子

打就無聲金盞兒言外飄騰間曲調劫前拈弄古鈴鎚
清河露布聲公案賺得衰翁一首詩

紅梅

以東坡謂認桃無緑葉辨杏有青枝大麄俗因潤
飾其語成之

瘦損佳人冰雪姿天教粧抹入時宜小桃嫌補翠雲葉
踈杏驚看碧玉枝李白詩成怒妃子晏宫宴罷醉西施
而今辜負黄昏月只少西湖處士詩

天仙皎皎素羅裳淡抹濃塗總不妨酒暈半潮妃子醉
胭脂初試壽陽粧肯同桃杏迷蜂蝶本與松筠傲雪霜
顧影也應悲漢室臨風猶似怨三郎

吟醉軒

脩竹千竿五畝宮幽居活計興無窮清詞麗句梅詩老
白髮蒼顔歐醉翁酒墨疾書千首敏浮白痛飲百尊空
醉吟聞有香山老倒用顛拈意暗同

寄西菴上人用舊韻四首

别後無緣得再參新詩重寄代和南他年放我休官去
只向雲川結小庵
功名我已讓曹參又見曹參定五南布韈青鞋從此始
濟源聞有侍中庵
多幸松軒得罷參玉泉山水勝江南泉邊便作歸休計
何必香山覓舊庵
憶昔吾師萬松老也放晚參揚兵西北擊東南一聲霹靂龍
飛去尚有癡人宿草庵

和漁陽趙光祖二詩

嵒廊深責忝疑丞位重材輕負寵榮猾虜七擒輸葛亮
奇謀六出愧陳平未行禮樂常如慊欲掛衣冠似不情
何日對君言我志夜闌秉燭笑談傾
生民垂欲陟春臺南斗妖氛絶點埃典禮巳隨前代廢
遺音猶怨後庭哀十年嘆我垂垂老萬里憐君得得來

自贊

此語縱無多忌諱緘題未可對人開

美髯中書白衣居士從他抹粉施朱一任安名立字手中玉麈震雷音說盡人間無限事

再過太原題覃公秀野園

君實洛陽園花竹秀而野先生取此意開園臨古社土階甃以石茅亭畧其瓦佳木碧雲摇清泉寒玉瀉開軒叩琴筑撫景飛觴斝我來政秋晚殘英折盈把粲然啓一笑琅然歌二雅將歸且裴回幽尋未能捨呼酒盡餘興索筆為摸寫緬懷温國公重名滿天下寥寥二百年

童卒傳司馬君侯築茲圃如有所慕者晞顏顏之徒子亦斯人也

和韓浩然韻

浩然以昇元寶器玉潤鳴泉二琴見贈勉和來詩用酬厚意

標格雄雄蘊藉深烏龍胸臆隱雷音一雙神器波及我不負分全結義心浩然得四琴分二琴於我故有是句

一曲南風奏古宮坐睛神物愧無功千金厚惠將何報

鷄表懇懃效孔融

張漢臣因入覲索詩

漢臣千里覲龍庭欲使天皇致太平十事便宜言懇切三千貔虎令嚴明好籌廟算如留相莫憶鱸魚似李鷹一統要荒君勉力雲臺須占最高名

和謝昭先韻

失奚為劣得奚優遇流而行坎則留笑視紛紛兒女輩成是敗非徒相尤弃人所取取所弃獨識萬松為出類

本欲心空及第歸暮請晨參唯一志浮生迅速奔隙駒
無窮塵劫元斯須參透威音劫前事花開枯木誰云枯
河朔干戈猶未息西域十年空旅食賢人退隱予未能
鈞衡曠位虛名極真人應運康世屯數頒寬詔垂絲綸
沛若恩波淪骨髓皇皇四海咸蒙春漢唐疆宇非為大
戍守西臨玉關界百濟稱藩過海門鄙語粗言其大槩
天皇自將辦多多天兵百萬涉長河京索為空汴梁下
秦皇漢武疇能過凜凜威聲震天宇不殺為功果神武

朔南一混車書同皇業巍巍跨千古先生吾邦之彥兮樂琴書而自怡徑徒松柏操磊落英雄姿明正道無邪思一貫詩書繼先覺兩全才德真吾師王謝來江左家學易道豈忘貽濟世須君展驥足政要再鑒人耳目小子區區何所祝但願天衷俞薦牘

德恒將行以詩見贈因用元韻以見意

國士朝黄屋無辭路八千徒嗟蘇子困誰識禰生賢腰下無金印山中有翠煙英雄須有用勉力待中年

送文叔南行

李子敦純不入時而今失志又南歸縱無手内毛生檄自有囊中萊子衣未得忠貞毗聖主且將甘旨侍慈闈鵷雛不忘衝天志直待三年更一飛

和馮揚善九日韻

馮君今歲又離家攜手賡酬海一涯秦漢興亡真夢寐蘇張轗軻莫吁嗟孔融座上尊盈酒靖節籬邊菊有華何日公餘同此樂西風一醉泛流霞

示石州劉企賢

西州來索湛然詩笑點霜毫錄鄙辭底事行藏元有數斯文否泰本隨時碩材未信明君棄雅操何慙暴吏欺此語頗涉人忌諱等閒勿使細民知

和劉子中韻

蓬山散人劉詡子中頗通儒幼依全真出家今已還俗故有擇術不可不慎之句

蓬山北海遊珥筆陳良謀徒步而南來意氣凌馬周會

吏亂法令如茨不可束子中有大志每甘跨下辱他日得從龍其鋒誰敢觸今日君之來非為五斗粟君子慎擇術痛恨倍全真調心正是忘堪笑學鳥伸一日錯下脚萬刼含酸辛平生大夢中不識庵中人一言贈吾子宗匠宜相親

李庭訓和余詩見寄復用元韻以謝之

忝位台司歲月深中書自笑不如岑殷周禮樂真予事堯舜規模本素心鄭五每慚難作相胥靡終欲強為霖

隴西妙語虛推奬舒卷寒窗盡日吟

和黄山張敏之擬黄庭詞韻

黄山無媒亦無梯蕭條白晝關荆扉凌晨端坐嗽玉池闌干苜蓿先生飢惠然寄我黄庭詞湛然一笑幾脱頥一鶴南翔一不飛十年一夢今覺非故山舊隱蒼松欹而今老盡虬龍枝曾學四老飡紫芝從識懷寶而邦迷塵緣一掃無孑遺隔縠覬月猶依稀汪洋法海無邊涯螢光詎可窺晨晞蓮花自是生汚泥汚泥不染清凉肌

彩雲易散碎琉璃人間四相天五衰有為無為俱有為
壽窮塵劫元非遲湛然醉搖芭蕉危薔薇深蘸書淋漓
白眼一望須彌低黄山先生躭書癡退藏不露龍麟姿
對人不恥敝緼衣自甘貧困元和微籬邊黄菊香離披
門前山色寒参差不以下體遺葑菲新詩遠寄盤龍螭
胸中滿貯夷齊薇忘機臨水狎鷗鷺燕居申申不愆儀
含光隱秀如文犀乘閒綸釣垂清漪躬耕禾黍方離離
須信君子能自卑予知先生之獨悲深憂海内生民疲

生民擾攘如棼絲笑予素餐徒位尸先生識鑑如元龜
旁通發而為聲詩照我穹廬生光輝窮通進退元有時
至人終不貪危機他時天子求塤篪欲行周禮修周基
先生好應千年期沙堤行人羨輕肥鳳凰到底鳳池棲
太平鈞石須君持蒼生未濟無言歸

寄畐公堂頭同叅

畐公聞道住南宮笑寫新詩託去鴻準備金桃三百顆
因風寄與老髯公

寄伊喇子春

説與沙城劉子春湛然垂老酷思君同遊青塚秋將盡共飲天山酒半醺繭紙題詩熟鍊字氊廬談道細論文五年回首真如夢衰草寒煙正斷魂

寄妹夫人

三十年前旅永安鳳簫樓上倚欄干先叔故居之樓名初學書畫同遊戲静閲琴碁相對閒聚散悲歡燈影裏興亡成敗夢魂間安書風送來天際望斷中州一髪山

送姪九齡行

我欲歸休與願違而方知命正宜歸閭山自有當年月一舸西風賦式微

送姪了眞行

吾兄繼世禄襲封食東平幼子死王事長女閨門英嬬居二十年禮佛讀傳燈一旦遇宗匠了眞訓其名前歲陽翟破道服潛偷生寧死不受辱託疾燕山京湛然怜孤族贖汝為編氓死生本如夢寵辱眞若驚莫忘離亂

苦長思厭世情三學有龍溪叩參宜盡識喝碎須彌山
打破乾圍城兩頭俱放下枯木一枝榮

和少林和尚英粹中山堂詩韻

我愛嵩山堂山堂秋寂寂蒼煙自揺蕩白雲風出入泠
泠溪水寒細細琴絲濕離塵欲无事又有閒蹤迹

和武善夫韻

不得潛身似許由醫閭辜負萬山秋未竭犬馬雖爲慊
忽憶猿鶴却自羞黄閣賴懸新篆印白雲元有舊漁舟

他時雪夜尋良友且學當年王子猷

和馮揚善韻

揚善從來慕晉卿滄浪濁處不濯纓關東易學孰能與

冀北詩聲莫與京今日窮途雖蹇剝他時行道自亨貞

須知遯世元無悶莫怨龍鍾出帝城

和董彥才東坡鐵杖詩二十韻

女媧未補青天裂神液飛精散為鐵毬生箕踞鍛洪爐

白汗翻漿滴清血黑虬彷彿欲飛躍鱗介蒼蒼生乳節

情知中散氣凌雲肯與凡工爭巧拙柳君傳與東坡老
神物終須歸俊傑坡仙為壽文定公酬和新詩誇勝劣
觀妙堂名龍尾硯睢陽并此為三絶睢陽城破兵火炎
神器不隨烟焰滅了然居士出伊洛登山渡水相扶挈
燕然分付我清谿妙語雕鐫跨先哲遠來攜贈白雪老
天理似為余所設湛然忝位本無功致主澤民媿臯契
再遊北海復何恨與君同步龍沙雪大澤深山無所驚
掃除魑魅驅亮螢輕篁歷歷吐微語閒對幽人如鼓舌

有時拈起擊須彌須彌擊碎同邱垤雲門遠遁德山去
敢對鬅翁開口說一時驚倒野狐禪奔走不來子闍闍
他年神武掛冠去誰知劫外乾坤别横擔此杖入千峰
大方獨步無蹉跌

湛然居士集卷十

欽定四庫全書

湛然居士集卷十一

元　耶律楚材　撰

用張道亨韻

道亨予故人也間關二十年今寓居平水以詩見

寄因和其韻以謝之

大安之季君政乖屯爻用事符雲雷邊軍驕懦望風潰

燕南趙北飛兵埃民財已竭轉輸困元元思治如望梅

太白經天守帝座長星勾芒入中台玄臺密表告天道
災妖變異無不該姦臣搆禍謀不軌魚鱗匕首侵宸階
蹀血京師萬人死君臣自此相嫌猜居庸失守紫荆破
天兵掣電騰八垓潛議遷都避凶禍衢枚半夜宫門開
河表偷生聊自固京城留後除行臺力窮食盡計安出
元戎守節甘自裁虬龍奮迅脱大難微波沉滯獨黄能
王師神武本不殺一發鹿臺能散財威聲遠震陜洛懼
勢同拉朽如枯摧髯公退縮養愚拙白麻一旦天邊來

萬里龍庭謁天子輅車軋軋風塵埋言輕無用自緘嘿
浮沉鴛鷺相趨陪布幕氊廬庇風雨日中一食如持齋
瀚海波聲寒汹湧金山峰勢高崔嵬十年行役亦艱苦
鹽車强駕同駑駘美湩如飴潤喉吻伶仃獨撥寒爐灰
故園夢斷幾千里燕然廻首白雲堆彈鋏悲歌望明月
山城明月空徘徊往事如絲不敢憶令人感慨生餘哀
聖人繼運踐九五歡聲騰沸天之涯萬國梯航喜奔走
幣帛交列陳瓊瑰天子恩威溢中外遠邇翕然無不懷

因民樂業庶政舉宗臣勠力諸王諧行殿受朝設鐘鼓明堂祭祀陳大壘卿雲輪囷自紛郁妖星不復侵天街否道已窮受諸泰人心已順天心迴制度一新從簡略禁網疏濶如天恢賢才尚隱若冥鴻區區弋人何慕哉自慚忝位司鈞軸可憐多士無梯媒願學留侯引年去不與赤松遊蓬萊閬陽舊隱度殘朽扁舟蓑笠江湖厓

題龎居士陰德圖

易易難難各一機非難非易亦新奇若將三句分優劣

露桂燈籠暗皺眉

和馮揚善韻

天道不可窮此理自古然大暴壽盜跖至仁夭顏淵偉材鮮遭遇君臣難兩全庸愚厭粱肉廣文寒無氊未逢知音人伯牙故絶絃我愛馮公子孔教窮高堅憂道不憂貧一室如磬懸却笑庠序生供薦徒備員詩書貯便腹一斗吟百篇遠蹈顏孟迹近比蘇黄肩寧受跨下辱不為天下先昇平已有期上道化日躔九州成一統刑

賞歸朝權汴梁三戰定樂浪一檄傳先生謁承明萬里
來秦川徒步沙磧中往復幾一年揲蓍説易傳應詔命
席前十年符億兆十世盈十千男兒志在道何論胝與
胼一旦得榮遇閭巷車馬填窮通固由命何必興憂煎
用之自可進舍之便可還自笑鬚中書有過仍不悛三
代不同禮勉欲相襲讼賢人正退隱强起居官聯氷炭
豈共器安可渾愚賢可惜和氏姿庸工浪雕鐫不能作
大器取次成弃捐潛龍喻君子或躍或在田未遂馬周

志好𡎺揚雄屢伏臘粗酒脯旦夕充羹饘窮途不足泣
弔影無自怜人生一瞬息日月如璣旋學道如牧羊後
者為之鞭離羣謝富貴遁世安林泉勿學躁進人扼腕
長呼天

和秀玉韻

三學老人背佛說法教僧幽半藏謗之清谿老人

有頌因和之

清谿作寱語湛然大笑之僅能知大用尚未識大機貪

隨言語轉錯認二阿師箇中關捩子卓然絶百非三學未嘗坐何説非與是半藏未有言奚論讃與毀解語非千舌能知誠非智為報清溪公無事莫生事

示從智

知人者明自知者智仁人一言溥哉其利

答聶庭玉

文章太守鎮榆關遠寄新詩與湛然卓爾功名君勉力歸與活計我加鞭扶衰幸有東坡杖遣興猶存玉澗泉

布韈青鞋任真率東垣山水不拈錢

繼栢巖大禪師韻

行盡千程與萬程誰能退步見嚴宸饒渠解釋庭前雪笑彼難除室外塵翡翠簾前猶是汝琉璃殿上更何人直須鶴出銀籠外受用壺天不夜春

和張善長韻

下馬如虹氣焰雄驚人詩筆有誰同銀鈎老字學顏體玉振奇辭類國風今日白衣聊養素他年黄屋好推忠

經營江左須豪哲占取雲臺第一功

愛棲嵓彈琴聲法二絶

須信希聲是大音猱多則亂吟多淫世人不識棲嵓意

秖愛時宜熱鬧琴

多著吟猱熱客耳强生取與媚俗情純音簡易誰能識

却道棲嵓無木聲

冬夜彈琴頗有所得亂道拙語三十韻以遺猶

子蘭

余幼年刻意於琴初受指於弭大用其閒雅平澹
自成一家余愛棲嵓如蜀聲之峻急快人耳目每
恨不得對指傳聲間關二十年予奏之索於汴梁
得焉中道而卒其子蘭之琴事深得棲嵓之遺意
甲午之冬余扈從羽獵以足疾得告凡六十日對
彈操奚五十餘曲棲嵓妙旨於是盡得之因作是
詩以紀其事云

湛然有琴癖不好凡絲竹兒時已存心壯年學愈篤倉

忙兵火際遺譜不及録回首二十秋絲桐高閣東棲嵓
有後人萬里來相逐能繼箕裘業待予為季叔今冬六
十日對彈五十曲五旬記新聲十朝温已熟高山壯意
氣秋水清心目陽春摵瓊玖白雪碎瑶玉洛浦大舍悲
楚妃歎如哭離騷泣鬼神止息振林木秋思盡雅興三
樂歌清福自餘不暇數渴心今已沃昔吾師弭君平澹
聲不促如奏清廟樂威儀自穆穆今觀棲嵓意節奏變
神速雖繁而不亂欲斷還能續吟猱從簡易輕重分起

伏一聞樓喦聲不覺傾心服彼此成一家春蘭與秋菊我今會為一滄海涵百谷稍疾意不急似遲聲不蹋二子終身學今日皆歸僕我本嗜踈懶富貴如桎梏幸遇萬松師一悟消三毒早晚掛冠去閒山結茅屋蔬笋粗充庖糲飯炊脱粟有我春雷子豈憚食無肉旦夕飽純音便是平生足

夜坐彈離騷

一曲離騷一椀茶箇中真味更何加香銷燭燼穹廬冷

星斗闌干山月斜

彈秋宵步月秋夜步月二曲

碧玉聲中步月歌彈來彈去不嫌多從教人笑成琴癖老子佯呆不管他

彈秋水

信意彈秋水清商促軫成只疑天上曲不似世間聲海若誠無敵河神已請平三朝不彈此心竅覺塵生

彈秋思用樂天韻二絶示景賢

秋思而今不入時平和節奏苦嫌遲香山舊譜重拈出
不問知音知不知
粼粼斷似烏蛇蚹瑟瑟皴如古殿苔玉澗鳴泉獨受用
穹廬秖少景賢來

彈廣陵散終日而成因賦詩五十韻 并序

嵇叔夜能作廣陵散史氏謂叔夜宿華陽亭夜中有鬼神授之韓皐以為揚州者廣陵故地魏氏之季毋丘儉輩皆都督揚州為司馬懿父子所殺叔

夜痛憤之懷寫之於琴以名其曲言魏之忠臣散殄於廣陵也葢避當時之禍乃託於鬼神耳叔夜自云靳固其曲不以傳袁孝尼唐乾符間待詔王遨為季山甫鼓之近代大定間汴梁留後完顔光禄者命士人張研一彈之因請中議大夫張崇為譜序崇備序此事渠云驗于琴譜有井里別姊辭鄉報義取韓相投劒之類皆刺客聶政為嚴仲子刺殺韓相俠累之事特無與揚州事相近者意其

叔夜以廣陵名曲徵見其意而終畏晉禍其序其聲假聶之事為名耳韓皐徒知託於鬼物以避難而不知其序其聲皆有所託也崇之論似是而非余以為叔夜作此曲也晉尚未受禪慢商與宮同聲臣行君道指司馬懿父子權侔人主以悟時君也又序聶政之事以譏權臣之罪不啻俠累安得仗義之士以誅君側之惡有所激也不然則遠引聶政之事甚無謂也泰和間待詔張器之亦彈此

曲每至沉思峻迹二篇緩彈之節奏支離未盡其善獨棲嵓老人混而為一士大夫服其精妙其子蘭亦得棲嵓之遺意焉

湛然數從軍十稔苦行役而今近衰老足疾困卑濕歲暮懶出門不欲為無益穹廬何所有秖有琴三尺時復一絃歌不猶賢博奕信能禁邪念開愁破堆積清旦炷幽香澄心彈止息薄暮已得意焚膏達中夕古譜成巨軸無慮聲千百大意分五節四十有四拍品絃欲終調

六絃一時劃初訮似破竹不止如裂帛忘身志慷慨別
姝情慘戚衝冠氣何壯投劒聲如擲呼幽達穹蒼長虹
如玉立將彈發怒篇寒風自瑟瑟瓊珠落玉器雹墜漁
人笠別鶴唳蒼松哀猿啼怪栢數聲如怨訴寒泉古澗
濊幾折變軒昂奔流禹門急大絃忽一捻應絃如破的
雲煙速變滅風雷恣呼吸數作撥剌聲指邊轟霹靂一
鼓息萬動再羙鬼神泣叔夜志豪邁聲名動蠻貊洪爐
煅神劒自覺乾坤窄鍾會來相過箕踞方袒裼一旦譜

殺之始知襟度阨新聲東市絶孝尼無所獲寗傳迨王邀曾為山甫客近代有張研妙指莫能及琴道震汴洛屢陪光禄席器之雖有聲鍊此頭垂白中間另起意沉思至峻迹節奏似支離美玉成破璧為山虧一簣未精誠可惜我愛樓嵓翁飜聲從舊格始終成一貫雅趣超今昔三引入五序始作意如翕縱之果純如將終皦而繹嵇生能作此史臣書簡策又謂神所授傳自華陽驛韓皐破是說以為避晉隙張崇作譜序似是未為得我

令通此論是非自懸隔商與宫同聲斷知臣道逆權臣
倖人主不啻韓相賊安得聶政徒元惡誅君側上欲悟
天子下則有所激惜哉中散意千古無人識

吾山吟

兒鑄學鼓琴未期月頗能成弄有古調絃泛聲一
篇鑄愛之請予為文因補以木聲稍隱括之歸於
羽音起於南吕終於太簇亦相生之義也以文之
首句有吾山之語因命為吾山吟聊塞鑄之請不

敢示諸他人也湛然題

吾山吾山予將歸予將歸深溪蒼松園茅亭扃柴扉水邊林下琴書樂矣水邊林下琴書樂矣不許市朝知猿鶴悲吾山胡不歸

從萬松老師乞玉博山

吾師珍惜玉山爐可歎雕文朴喪初無黨無偏三足峙不緇不磷一心虚禮佛誦課須資汝示衆拈香正起予對此好彈三澗雪因風遠寄萬松書

寄萬壽潤公禪師用舊韻

懶答禪師一紙書禪師佳句古誰如不才歎我垂垂老美裕怜君綽綽餘斷臂志能如慧祖點胸終不似雲居三關參到縱橫處識破黃龍脚似驢

寄聖安澄公禪師

澄公屢有寄來書不著寒温問訊予老栢依然籠古殿（庭中有怪栢數株）旃檀無恙鎖精廬金鱗透網三乘外大隱居鄽十載餘（聖安居市中）秖有些兒堪恨處向人剛覔護身符

寄甘泉禪師謝惠書

萬松節外有孫枝德業文章冠一時不惜臨風寄新句

知音消得湛然詩

送房孫重奴行

汝亦東丹十世孫家亡國破一身存而今正好行仁義

勿學輕薄辱我門

從龍溪乞西嵓香并方

余愛老人龍溪之西嵓香屢乞之每恨得少旋踵

而盡因道鄙語乞香并方

我愛龍溪新樣香西嵓風韻卒難忘深玄欲說舌頭短
妙觀先通鼻孔長秋水彈時宜受用碧嵓讀處更相當
清香妙譜都拈出莫惜十年舊藥方

乙未元日

刼前别有一壺天萬古長空無後先建化門頭聊爾耳
也隨徒衆賀新年

付從究

曠刼茫茫困露塵回頭便是故園春而今既遇松軒老究取元來不死人

旦日遺從祖

乙未旦日從祖索詩浪道數句以遺之

塵世春風歲又遷屬僚來賀古川前誰知萬法生心上不覺雙毛落鬢邊人生能得幾緉屐文章不直一文錢威音那畔乾坤別且道而今是幾年

旦日示從同仍簡忘憂

乙未旦日從同索詩因道拙偈二十韻仍簡忘憂

昔我馳星駱駐車歸化城汝方來摳衣從同訓其名侍余垂十年百事無一成律歴且及半琴道猶未精禪書置一隅尚未窮一經大道若滄海萬古長澄清酌之而不竭注之而不盈偃鼠得滿腹亦足飽鯤鯨又如大圓鏡歴劫長圓明中間無影像應物而現形漢胡遞相照出没能縱横又如萬鈞鐘寂然藏雄聲隨叩而即應圓音自鏘鏗小擊而小響大撞而大鳴又如長明燭積歲

長熒熒分為百千萬光明如日星惠之而不費是為無盡燈日月照天下不可語瞽盲雷霆碎山岳聾者未曾聽枯木元無花却怨春不平作偈以勸汝可以為盤銘

元日勸忘憂進道

乙未元日忘憂居士索詩勉道數語因勸其進道云

刼外風光別人間日月遷南洲添一歲北海又三年榮利蝸粘壁功名蟻慕羶萬緣都放下好叩祖師禪

轉燈

乙未元日安慶以轉燈見贈忘憂居士索詩走筆作偈以警世云

安慶作戲燈惠然來贈我藏燈借微明細火薰其座乘茲風火力盤旋如轉磨中有角抵人揮臂不知禍團團十萬匝輪廻莫能趓此燈雖戲具無異大因果三世塵沙佛皆如轉燈過三千大千界成壞亦風火所以明眼人重道輕利貨生死比夢寐榮華等涕唾長行此觀心

人間都看破多少看燈人知音無一箇

録寄新詩呈冲霄

冲霄酷愛玉泉詩媿我年來無好辭録寄新詩三十首莫教俗子等閒知

寄東林

屢承東林同叅賜書未遑裁答亂道鄙語以待手訥云

同叅萬里寄書來盥手緘封手自開没骨舌頭我難説

無根樹子若能栽金鵬手段平飜海任老鈎竿不釣能
何日萬松軒側畔笑談抵掌一開懷

借琴

龍岡居士本知音參透淵明得趣心暫借桐君休吝惜
玉泉習氣未忘琴

戲景賢

景賢愛彈雉朝飛作是詩戲之

牧犢曾歎雉朝飛七十無妻是以悲何事龍岡愛彈此

欲學白傅覓楊枝

再用前韻

景賢彈雉朝飛予作詩戲之蒙寵和有若有餘陰乞一枝之句予再用前韻以拒之

遏住行雲不敢飛一聲還噎一聲悲蠻兒深惬龍岡意唱得香山楊柳枝

妙舞盤中塵不飛採蓮一曲遶梁悲慕素曾蠻獨當兩貫珠歌韻柳腰枝

寄景賢

因足疾在告彈琴逾時腕臂作痛自訟其癡作詩以寄景賢

湛然有過必人知笑寄龍岡自訟詩閻浮衆生苦為樂華嚴皇覺藥能醫十年擐甲足疾作三月彈琴臂力衰因病得閒閒却病閒中雖病也便宜

再用知字韻戲景賢

薄德從來本畏知龍岡又有和來詩機關不解活龍美

諺有是語 癖疾還如死馬醫大舜再逢難永訣周公不夢覺吾衰鳳池元是夔龍宅山鹿野麋終不宜

復用前韻戲呈龍岡居士兼善長詩友

君有蠻兒我已知湛然揆筆上新詩翠眉已惹禪心動玉頰休教獺髓醫舊有藥爐雖竭底新來鼎器却扶衰隆隆玉準能青眼不解雲霓也自宜西人多服白衣

行雨行雲一夜飛襄王從此莫含悲蠻兒侍寢龍岡老

恰似柔梯生柳枝

慕樂天

荆水（荆水出于玉泉）渾如八節灘玉泉佳趣類香山韋編周易忘深意貝葉佛經送老閒爽我琴書池五畝侑人詩酒竹千竿樂天活計都相似脂粉獨嫌素與蠻

彈廣陵散

居士閒彈止息時胸中鬱結了無遺樂天若得嵇生意未肯獨吟秋思詩

戲劉潤之

從劉潤之借杜詩因豪奪之作是詩以戲之

休嗔久假不云歸長笑還書是一癡居士親行萬里地
政須百註杜陵詩

用劉潤之韻

箇中消息本忘言一念從渠一萬年大地遍開皆是水
頑石不擊固無烟成佛莫落謝公後建業從教祖氏先
萬法悉從心地起元來禍福不由天

湛然居士集卷十一

欽定四庫全書

湛然居士集卷十二

元　耶律楚材　撰

琴道喻五十韻以勉忘憂進道

余㓜而喜佛蓋天性也壯而涉獵佛書稍有所得頗自矜大又癖於琴因檢閲舊譜自彈數十曲似是而非也後見琴士弭大用悉弃舊譜再變新意方悟佛書之理未盡遂謁萬松老人旦夕不輟叩

參者且三年始蒙見許是知聖諦第一義諦不在
言傳明矣邇因忘憂學鼓琴未期月稍成節奏又
知學道之方在君子之自强耳故作琴道喻述得
旨之由勉子進道之漸云
昔吾學鼓琴豪氣凌青天輕笑此小技何必師成連寶
架翻舊譜對譜尋冰絃自彈數十弄以謂無差肩有客
來勸余因舉莊生篇時君方誦書輪扁居其前釋椎而
入請何故讀殘編上古已久矣不得見聖賢遺書糟粕

餘與道雲泥懸臣年七十秋雙鬢如垂綿斲輪固小巧
巧性非方圓心手兩相應不能語子焉是知聖人道安
得形言詮至今千載間此論不可遷琴書紙上語妙趣
焉能傳不學妄穿鑿是為誰之愆余方謁弭君服膺乃
拳拳相對受指訣初請歌水仙吟抑不踰矩節奏能平
平起伏與神會態狀如雲煙朝夕從之遊琴事得大全
小藝尚如此大道寧不然當年嗜佛書經論窮疏箋公
案助談柄賣弄猾頭禪一遇萬松師駑駘蒙策鞭委身

事洒掃摳衣且三年圓教攝萬法始覺擔板偏回視平
昔學尚未及埃涓漸能入堂奥稍稍窮高堅疑團一旦
碎桶底七八穿洪爐片雪飛石上栽白蓮佛祖立下風
俯視威音先忘憂西域時師我求真詮經今十五春進
退猶遷延望涯自退縮甘心嗟無緣將來無價寶未肯
酬一錢未啟半簣土欲酌九仞泉美玉付良工良工得
雕鐫良金不受冶徒費爐鞲煽聞君近好琴停燭夜不
眠彈之未期月曲調能相聯君初未彈時曾不知勾躅

學道亦如此惟患無精專誰無摩尼珠誰無般若船立
志勿猶豫叩參宜勉旃他時大徹悟沛然如決川毛端
吞巨海芥子含大千瞬息一世過生死相縈纏此生不
得覺曠劫徒悲煎吾言真藥石療子沈痾痊

彈琴適時作解嘲以呈萬松老師

一曲悲風歷指寒昔年曾奉萬松軒本嫌浮脆刪吟抑
為愛軒昂變撞敦高趣釀成真有味煩襟洗盡了無痕
禪人若道聲塵妄孤負觀音正法門

勉景賢

昨日景賢坐間屢稱東坡真人中之龍也若慕其才而異其志採其華而弃其實又何益於事哉因作倡以勉之云

既慕東坡才當如東坡志君才如東坡其志未相似詩似東坡詩字如東坡字胡不學東坡且學長不死

劉潤之館於忘憂門下作述懐詩有弟子二三同會食誰曾開口問先生之句余感而和之

從來重士還相重到底輕人却自輕醴廢翻然便歸去
至今高尚穆先生
劉潤之作詩有厭琴之句因和之
學士既歸夫子教吾儒宜識仲尼心當年刪出詩三百
時復絃歌不廢琴
懷古一百韻寄張敏之
興亡千古事勝負一枰碁感恨空興嘆悲吟乃賦詩三
皇崇道德五帝重仁慈禮廢三王謝權興五霸漓焚書

嫌孔孟峻法用高斯政出人思亂身亡國亦隨阿房修象魏徐福覔靈芝偶語真虛禁長城信謾為只知秦失鹿不覺楚亡騅約法三章日恩垂四百基漢興學校啟文作典章施黷武疲中夏窮兵擾四夷嗣君恩稍失劉氏徳難衰新室雖興難真人已御期魏吳將奮起靈獻自荒嬉賊子權移漢姦臣塢築郿三朝如峙鼎四海若棼絲纔奉山陽主已生司馬師仲謀服孟徳葛亮倍曹丕惟晉戍獨統平吳混八維有初終鮮克居治亂誰思

蟬鬢充蘭掖羊車遶竹歧孫謀無遠慮神器委癡兒國
事歸椒室民飢詢肉糜為人昧菽麥聞蟆問官私衛瓘
嘗幾諫何曾已預知五胡雲擾攘六代電奔馳川谷流
腥血郊原厭積屍天光分耀日地里裂瓜時歷數當歸
李驅除暫假隋西陲開鄯善東鄙討高麗鸞駕如江國
龍舟泛汴濟錦帆遮水面粉痕污河湄府藏金帛積生
靈氣力疲盜賊天下起章奏禁中欺海內空龍戰河東
有鳳姿元戎展鷹犬頡利助熊羆奉表遵朝命尊王建

義旗經營於盜手禪讓託君辭豪哲歸我轂要荒入吾羈太宗真令主貞觀有皇規正美開元治俄成天寶悲曲江還故里林甫領台司裂土封三國纏頭愛八姨霓裳猶未罷鼙鼓恨來遲逆寇陵丹闕君王捨翠眉兩京賊黨滅方鎮重權移朱李元堪歎石劉亦可嗤九州重搆亂五代薦荒飢遼宋分南北翁孫講禮儀昔宋事遼為兄仍請隨代以序昭穆至季年遼為翁宋為孫宣和風侈靡教主德庸卑背約絕鄰好興師借寇資懸知喪脣齒何事撤藩籬失地人皆

怨黨塵悔可追遼家遵漢制孔教祖宣尼煥若文章備康哉政事熙朝廷嚴袞冕郊廟奏壎篪校獵温馳射行營習正奇南州走玉帛諸國畏鞭笞天祚矯人上朝鮮叛海涯未終三百祀不免一朝危鴨緑金朝起鴨緑江武元起義之地桑乾玉璽遺金兵逼京師天祚西狩遺傳國璽於雲中之桑乾河竟不獲後遼興大石西域統龜兹萬里威聲震百年名教垂大石林牙遼之宗臣挈衆而亡不滿二十年克西域數十國幅員數萬里傳數主凡百餘年頗尚文教西域至今思之廟號德宗武元平宋地殷禮雜宗姬金謂箕子之裔雜用周禮治國崇文事

拔賢尚賦詞邦昌君洛汭劉豫立青淄大定民興詠明
昌物適宜日中須景昃月滿必光虧肘腋獨夫難丘墟
七廟隳北朝天輔祐南國俗瘡痍天子潛巡狩宗臣嚴
守陴山西盡荊杞河朔半豺貍食盡謀安出兵羸力不
支長圍重數匝久困再周期太液生秋草姑蘇遊野麋
忠臣全節死餘衆入降麾文獻生三子東丹第八枝虛
名如畫餅遺業學為箕自笑蓬垂鬢誰憐雪滿髭撫膺長
感慨搔首幾嗟咨車蓋知何處衣冠問阿誰自天明下

詔知我素通著發軔裝琴劍登車執策緌穹廬或白黑驛騎半黄駓肥鸞白如匏瓊漿甘似飴天山連北府天山之北唐北庭都護府在焉瀚海過西伊伊州之西北有瀚海伊州又謂之西州天馬窮渤澥神兵過月氏感恩承聖勅寄住到尋思尋思虔西域城名西人云尋思肥也虔城也通謂之肥城春色多紅樹秋波總綠陂西域風俗家必有園園必成趣多有方池圓沼不須賒酒飲隨分有驢騎吠畝棲禾粟園林足果梨春粳光璨玉煮餅滑流匙聖祖方輕舉明君應樂推龍庭陳大禮原廟獻明粢萬國朝金陛千官列

玉墀求賢為輔弼舉我忝丞疑才德真為慊顛危不解持願從麋鹿性豈戀鳳凰池投老誰為伴黄山有敏之

示忘憂并序

余作懷古詩百韻非徒作已使世世之人知成敗之可鑑出世之人識興廢之不常也因作偈以見意云

歷代興亡數張紙千年勝負一盤碁因而識破人間夢始信空門一著竒

和金城寶宮旭公禪師三絶

知公已得夜明符任運騰騰無所拘見説金城多長者
有人青眼待君無

南北東西總一家纔生擬議便生瑕人人錯認髯居士
只有禪師不眼花

旭老今年雖也無糞堆却得舊明珠穹廬半夜無燈燭
讀盡平安一紙書

再和世榮二十韻寄薛玄之

余嘗和李世榮詩二十韻薛玄之和元韻見寄以求拙語因再和之復呈二律

尚記承平日為學體自強經書興我志功業逼人忙蟄窟長思震葵心未慕陽蛟龍初得雨日月近依光事主心無隱遭時策建長引君當正道陳事上封章亦既尊仁義胡為失毅剛箴規盡忠赤人物敢雌黃斷似南山定言令北斗昂勸君師魏鄭嫉惡法張綱青眼蒙高顧白眉忝最良誰知天有數不覺漢亡疆人笑段干木誰

師田子方上蒼垂大命天闕冊明王殷室君雖滅仁人
道未亡南州遠煙水北海幾星霜仁政時將治明君國
寖昌鄉雲知有慶嘉穀又呈祥名遂宜思退機危乃自
戕歸與今好賦聞道故園荒

蘭仲文寄詩二十六韻勉和以謝之

我愛仲文公敦純有古風科名擢乙選制策肯宸衷作
事能謀始為人克有終養如鄒軻去聲氣成自仲尼鎔致
主忠誠懇容人便腹空一朝淹驥足百里試鳩功牛刃

聊施割囊錐已脫鋒屯方雷雨動泰未地天通聚散悲
歡裏興亡夢寐中勢傾秦失鹿姦殞鯀為熊不學東方
朔誰徵皇甫嵩洛陽傳白傳江夏譽黃童上國平諸域
輿情達四聰百司將布置多士想登庸未識荆州面徒
思衛玠容中原期混一天子訪英雄嘉運人皆幸亨時
君又逢汚俗風已變明主德方隆施雨皇恩布如流直
諫從凱元咸戮力稷契各言忠我愧凡庸士恩霑造化
工兵氛箕尾没劒氣斗牛衝西華將歸馬南陽莫卧龍

孝廉為選舉仁義作恲懞歷運千年合衣冠萬國同艸
儀獨有子行待泰山封
仲文才筆冠人間工部壇前第一班世上久無孔北海
雲中誰識謝東山忘懷詩酒醒還醉適意琴書樂且閒
野有遺賢猶未用中書寧得不胡顏
室中忝預萬松籌脫得中間與兩頭反覆人心厭殷室
咄嗟天下屬宗周直須勇退中書事未肯榮貪留國侯
收拾綸竿與蓑笠華亭却覓舊漁舟

用曹楨韻

楨金城人字幹臣始冠上詩於我文采可觀因和

元韻以勉後進云

征南都護將旋旆平北將軍已罷師冢海謳歌歸大舜

明堂鐘鼓奏咸池咸陽父老傾心日魯國書生得志時

收拾琴書我歸去朝廷人物有臯夔

怨浩然

韓浩然嘗以詩許昇元寶器玉澗鳴泉二琴予已

有謝詩今得書以玉潤遺周漢臣藏昇元而託以他辭因用浩然新韻以怨之漢臣小字六和予嘗戲呼爲六居士云

先難後易真交契醉許醒違蓋世情玉潤白輸六居士昇元烏有一先生昔蒙佳句誠歡忭今得芳緘且歎驚一入侯門深似海騷人空夢帳中聲昇元寶器亦名帳中寶

從國才索閒閒煎茶賦

聞國才近得閒閒煎茶賦手書以詩索之

聞君久得煎茶賦故我先吟投李詩為報君侯休吝惜
照人瓊玖算多時

贈高善長一百韻

高善長本書生屢入御圍而不捷乃翻然醫隱悉
究難素之學後進咸師法焉與龍岡居士善尤長
於詩而酷愛余之拙語蓋自厭家雞耳因漫成俚
語一百韻以贈之

君本遼陽人家居華表傍隨任來燕然卜築金臺坊幼

蒙父兄訓讀書登上庠大義治三傳左氏爲紀綱詩書
究微理易道宗京房史學亦精妙議論如馨香行道有
餘力下筆能詩章典雅繼李杜浮華冩陳梁當年闢科
舉郡國求圭璋御闈屢不捷在前饒粃糠先生乃醫隱
退自慕羲皇難素透玄旨鍼砭能起殭可並華扁跡可
聯和緩芳門生皆良醫四海高名揚昔我知君名方且
王事忙兵塵隔東西忽成參與商君初涉洛瀍我已達
燉煌瀚海浪奔激金山路彷徨西遊幾萬里兩鬢今蒼

蒼西方好風土大率無蠶桑家家植木棉是為壠種羊
年年旱作颭未識舞鷗鶏決水溉田圃無歲無豐穰遠
近無飢人四野棲餘糧是以農民家處處皆池塘飛泉
遶曲水亦可斟流觴早春而晚秋河中類餘杭濯足或
濯纓肥水如滄浪雜花間側柏園林如繡粧爛醉蒲萄
酒渴飲石榴漿隨分有絃管巷陌雜優娼佳人多碧髮
皎皎白衣裳市井安丘墳畎畝連城隍錢貨無孔郭賣
餅稱斤量甘瓜如馬首大者狐可藏採杏兼食核西方杏仁

皆生食之甘　食瓜悉去瓤西瓜大如鼎半枚已滿筐芭香如芭欖
欖賤如棗可愛白沙糖人生為口腹何必思吾鄉一住十餘年物我皆相忘神祖上仙去聖主登明堂驛騎徵我歸忝位居巖廊河表寒舊盟鄜秦成戰場翠華乃南渡鸞馭聲鏘鏘六軍臨孟津偏師出太行間路入斜谷南鄙侵壽唐犄角皆受敵應戰實未遑一旦汴梁破何足依金湯下詔求明醫先生隱藥囊馳軺來北闕失措空倉惶我於羣雞中忽見孤鳳凰下馬執君手涕淚其

如雱我歎白頭翁君亦嗟鬚郎停燈話舊事談笑吐肺
腸酬酢覔嘉句沈思搜微茫湛然訪醫藥預備庸何妨
高君略啟口確論聞未嘗醫術與治道二者元一方武
事類藥石文事如膏粱膏粱日日用藥石藏巾箱一朝
有急病藥石施鋒鋩病愈速藏藥膏粱復如常緩急寇
難作大劒須長槍寇止兵弗戢自焚必不長發表勿攻
裏治内無外傷朝廷有内亂安可揺邊疆疆場或驚急
中變決自戕陰病陽脉生陽證陰脉亡暴法譬之陰仁

政喻之陽太平雖日久恣暴降百殃大亂遍天下行仁降百祥一君必二臣佐使仍參詳不殊世間事蒸民無二王國老似甘草良將比大黄一緩輔一急一柔濟一剛病來不速治安居養豺狼疾作儻無藥遇水乏舟航病固有寒熱藥性分温涼療熱用連檗理寒宜桂薑君子與小人禮刑令相當虛者補其羸實者瀉其强扶衰食枸杞破血服檳榔抑高舉其下天道猶弓張損餘補不足貧富無低昂寒多成冷痼熱盛為瘡瘍政猛民傷

殘政慢賊猖狂保生必求源胃府為太倉四時胃為主端居鎮中央朝廷天下本本固邦家昌實實而虛虛其謀無不臧五行不偏勝所以壽而康太宗平府兵是致威要荒未病宜預治未亂宜預防賊臣弑君父禍難生蕭牆辨之由不早即漸成堅霜心腹尚難治何復及膏肓湛然閒此語不覺興胡牀謝君贈誨言苦口如藥良問一而得二和璧並夜光走筆書新詩一笑呈龍岡

再賡仲祥韻寄之

金城薛玄之用李世榮舊韻寄詩於予索拙句已
和寄忽思氷巖再賡仲祥元韻以寄之
能談仁義兵經傳宗素臣字畫類閑閑句法如之純澹
然與世疎渭水獨垂綸蒿萊塞庭除塵土霑衣紳歸我
夫子門三月無違仁後生來從學善誘能循循顔巷不
改樂范甑長生塵仰不愧於天俯不怍於人進德方乾
乾慎行而修身旅食秦晉間騎驢三十春珠玉炙人口
麗藻嘉彬彬今年又絶糧生涯如在陳歌詠猶不輟真

為葛天民雜詩過子卿離騷齊靈均忘機天壤間舉措皆天真濯足滄浪中鷗鷺來相親胸中萬卷書下筆端如神素負經濟才人品伊臯倫桂林祇一枝亦何慚郄詵

寄金城士大夫

遠聞金城學齋絕糧因奉粟十斛助虀鹽之資故作小詩以礪本土學士大夫

金城人士本多竒何事庠宫久蔑資周急無輕五秉粟

傷時因寄一篇詩

誠之索偈

誠之久侍萬松師何事十年下手遲刼火光中須退步
青春寧有再來時

遺姪淑卿香方偈

姪淑卿疾作索安息香於予欲辟邪也將謂汝是
箇中人猶有這箇在因作香偈以遺之

我有一真香秘之不敢說心生種種法生心滅種種法

滅退身一念未生前此是真香太奇絶邪神惡鬼永沈
蹤外道天魔皆腦裂

為子鑄作詩三十韻

乙未為子鑄壽作是詩以遺之鑄方年十有五也

皇祖遼太祖奕世功徳積彎弓三百鈞天威威萬國一
旦義旗舉中原如捲席東鄙收句麗西南窮九譯古器
獲軒鼎神寶得和璧南陬稱子孫皇業幾三百赫赫東
丹王讓位如夷伯藏書萬卷堂丹青成畫癖四世皆太

師名德超今昔我祖建四節功勲冠黄閤先考文獻公
弱冠已卓立學業飽典墳創作乙未歷入仕三十年廟
堂為柱石重義而踈財後世遺清白我受先人體兢兢
常業業十三學詩書二十應制策禪理窮畢竟年方二
十七萬里渡流沙十霜泊西域自愧無才術忝位人臣
極未能扶顛危虚名徒伴食汝方志學年寸陰真可惜
孜孜進仁義不可為無益經史宜勉旃慎毋躭博奕深
思識言行每戒迷聲色德業時乾乾自强當不息幼歲

侍皇儲且作春宫客一旦衝青天翺翔騰六翮儒術勿
踈廢祖道宜薰炙汝父不足學汝祖真宜式酌酒壽汝
年五福自天錫

湛然居士集卷十二

欽定四庫全書

湛然居士集卷十三

元　耶律楚材　撰

楞嚴外解序

昔洪覺範有言天台智者禪師聞天竺有首楞嚴經旦暮西向拜祝願此經早來東土續佛慧命竟不得一見令板蕩遍天下有終身不聞其名者因起法輕信劣之嘆若夫徹心辨見證悟窮魔明三界之根探七趣之本

原始要終廣大悉備與禪理相為表裏雖具眼衲僧不可不熟繹之也余故人屏山居士牽引易論語孟子老氏莊列之書與此經相合緝成一編謂之外解實漸誘吾儒不信佛書者之餌也吾儒中喜佛乗者固亦多矣其全信者鮮焉或信其理而弃其事者或信其理事而破其因果者或信經綸而誣其神通者或鄙其持經或譏其建寺塵沙之世界以為迂闊之言成敗之刼波反疑駕馭之說亦何異信吾夫子之仁義詆其禮樂取吾

夫子之政事舍其文學者耶或有攘竊相似之語以謂皆出於吾書中何必讀經然後為佛此輩尤可笑也且竊人之財猶為盜矧竊人之道乎我屏山則不然深究其理不廢其事其於因果也則舉作善降祥之文引羊祜絶龍之事其於塵界也則隘鄒子之說婉衛冠之談其神通也則云左慈術士耳變形於魏都皆同物也疑吾佛不能變千百億化身乎其於劫波也則云郭璞日者卜年於晉室若合符券疑吾佛不能記百萬之多劫

耶其於持經也則云佛日禪師因聞誦心經呪言下大悟田夫俚婦持念諸課者詎可輕笑之哉其於建寺也則云阿蘭若法當供養彼區區者尚以土木之功為費何庸妄之甚耶其評品三聖人理趣之淺深也初云稍尋舊學且窺道家之言又繙內典至其邃處吾中國之書似不及也晚節復云余以此求三聖人垂化之理而後知吾佛之所以為人天師無上大法王者非諸聖之所以能侔也學至於佛則無可學者乃知佛即聖人聖人

非佛西方有中國書中國無西方書也或問屏山何好佛之深乎答云感恩之深則深報之屏山所謂心不負人者矣渠又云吾佛之所誨人者真實如如不誑不妄豈有毛髮許可疑者耶噫古昔以來篤信佛書之君子未有如我屏山之大全者也近代一人而已泰和中屏山作釋迦文佛贊不遠千里以序見託於萬松老師永長巨豪劉潤甫者笑謂老師曰屏山兒時聞佛以手加額旣冠排佛今復贊佛吾師之序可慎與之庸詎知他

日得不復似韓歐排佛乎老師曰不然令屏山信解入
微如理而說豈直悔悟於前非亦將資信於來者且皃
時喜佛者生知宿稟也既冠排佛者華報蠱惑也退而
贊佛者不遠而復也而今而後世尊所謂吾保此木決
定入海矣後果如吾師言余與屏山通家相與爾汝曾
不檢覊其子阿同輩待余以叔禮天兵既克汴梁阿同
挈遺稿來燕寓居萬松老師之席老師助鋟木之資欲
廣其傳阿同致書請余為引余亦不讓援筆疾書以題

其端不惟彰我萬松老師寘有知人之鑒抑亦紀我屏山居士克終全信之心且為方來淺信竊道者之戒云甲午清明後五日湛然居士漆水移剌楚材晉卿序於和林城

心經宗說後序

白華山主揩折脚鐺煑熟没米粥萬松野老用穿心椀盛與無口人雖然指空話空爭奈依實具實嗟見渾淪吞棗只管誦持故教混沌開眉妄生穿鑿如明以字莫

認經頭未解本文且看注脚湛然居士漆水移剌楚材晉卿詳勘印行

糠籺教民十無益論序

昔予友以此論見寄屬余求序以行世予恐謗歸於講主者辭而不序遂採萬松老師賦意及講主餘論述辨邪論之意以謂世人皆云釋子黨教護宗由是飛謗流言得以籍口余本書生非釋非糠從傍仗義辯而論之何為不可乎余又謂昔屏山居士序輔教編有云儒者

嘗為佛者害佛者未嘗為儒者害誠哉是言也蓋儒者率掌銓衡故得高下其手其山林之士不與物競加以力孤勢劣曷能為哉余觀作頭陀賦數君子皆儒也余不辨則成市虎矣不獨成市虎抑恐崔浩李德裕之徒一唱一和撼摇佛教為患不淺故率引儒術比而論之以勵吾儒為糠糱所惑者論既述所謂予友者復以書見示其大略曰講主上人者以糠糱叛教類風乃檢閲藏教尋繹儒經積有年矣窮諸佛之深意達三乘之至

真列十篇之目成一家之言語辨而詞温文野而理親聞之者是非莫逃誦之者邪正斯分雷震獅吼邪摧魔奔良謂偃德草之和風釋凝冰之陽春噫或佛道之未喪也諒必由子斯文乎是以信奉佛教者展轉録傳不可勝紀京城禪伯尊宿欲流之無窮不憚萬里往復數書託子為序今之士大夫才筆勝子者固亦多矣豈不能序此一書乎以子素陶汰禪道涉獵佛書頗知肯歸故也子何讓焉此老不避嫌疑自甘謗讟而為此書彼

且不避子何代彼而避謗乎吾觀子所著辨邪論止為儒者述儒之信糠者止二三子而已矣市井工商之徒信糠者十居四五自非此書彼曹何從而化之乎子所得者少所失者不為不多矣書既至予不能答謹以書意序諸論首丙戌重午日題於肅州鄯善城

釋氏新聞序

昔仰嶠叢林為燕然之最住事僧輩歷久不更執權附勢動搖住持人泰和中本寺奏請萬松老人住持上許

之萬松忻然奉詔人或勸之曰師新出世彼易師之年少彼不得施其欲必起風波無遺後悔乎師笑而不答旣住院師一遵舊法無所變更惟拱默而已夏罷主事輩依例辭職師因其辭也悉罷之師預於衆中詢訪耆德為衆推仰者數人至是咸代其職積歲頽風一朝頓革遠近翕然稱吾師素有將相之材邇後章廟將秋獮於山主事輩白師曰故事車駕廵幸本寺必進珍玩不然則有司必有詰問師責之曰十方檀信布施為出

家兒余與若不具正眼空食施物理應償報汝不聞木耳之緣乎富有四海貴為一人豈需我曹之珍貨也哉且君子愛人也以德豈可以此瑕纇貽君主乎因手録偈一章詣行宫進之大蒙稱賞有成湯狩野恢天網吕尚漁磯浸月鈎之句誠仁人之言也翌日章廟入山行香屢垂顧問仍御書詩一章遺之師亦淡如也車駕還宫遣使賜錢二百萬使者傳勑命師跪聽師曰出家兒安有此例使者怒曰若然則予當迴車師曰傳旨則安

敢不聽不傳則亦由使者意竟焚香立聽詔旨章廟知之責其使曰朕施財祈福耳安用野人嫺禮耶上下悚然服吾師不屈王公之前矣此二事天下所共知者也其餘師之隱德默行未播於人間者可勝道哉師之切於扶聖教急於化人心也萬分之一見之於此書予師應物傳道之暇手不釋卷凡三閱藏教無書不讀每有多聞能利害於佛乘關涉於教化者悉録之目之曰釋氏新聞將使見書而知歸聞言而嚮道真謂治邪教之藥

石濟迷塗之津梁也豈小補哉石門洪覺範著林間録辯而且文間有偏黨之語後之成人之美者未嘗不歎息於斯焉我萬松老師之意扶教利人也深是以推舉他宗談不容口此與覺範之用心相去萬萬者也讀是書者當知是心矣於戲偉哉予請刊是書行於世因為之序甲午上元後一日湛然居士漆水移剌楚材題

屏山居士金剛經別解序

佛法之西來也二千餘祀寶藏琅函幾盈萬軸可謂廣

大悉備矣獨金剛一經或明眼禪客若脫白沙彌上至學士大夫下及野夫田婦里巷兒女子曹無不誦者以頻見如閑姑置而不問者有之以至理叵測望涯而退者有之噫信其小而不信其大信其近而不信其遠信其所聞而不信其所未聞信其所見而不信其所未見自是而非他執一而廢百者比比然又何訝焉偉哉屏山居士取儒道兩家之書會運裝二師之論牽引雜說錯綜諸經著為別解一編莫不融理事之門合性相之

義析六如之生滅剖四相之鍵關謂真空不空透無得之得序圓頓而有據識宗説之相須辨因緣自然喻以明珠論諸佛衆生譬之圓鏡若出聖人之口實契吾佛之心可謂天下之竒才矣噫此書之行於世也何止化書生之學佛者偏見衲僧無因外道皆可發藥矣昔予與屏山同為省掾時同僚譏此書以為餌餤餡之具予尚未染指於佛書亦少惑焉今熟繹之自非精於三聖人之學者敢措一辭於此書乎吁小人之言誠可畏哉

乙未元日湛然居士漆水移剌楚材晉卿序於大積黄石山

書金剛經别解後

孔子有云吾十有五而志於學三十而立四十而不惑是知學道未至於純粹精微之域雖聖人亦少惑焉昔樂天答制策稍涉佛教之譏中年鄙海山而修兜率垂老為讃佛發願文乃云起因張本其事見於本集子瞻上萬言頗稱釋氏之弊晚節專翰墨為佛事臨終作神

呪浪出之倡且曰著力即差其事見於年譜退之屈論於大顛而稍信佛書韓文公別傳在焉永叔服膺於圓通而自稱居士歐陽公別傳在焉是知君子始惑而終悟初過而後悛又何害也屏山先生幼年作排佛說殆不忍聞未幾翻然而改火其書作二解以滌前非所謂改過不吝者余於屏山有所取焉後之人立志未定惑於初年者當以此數君子為法乙未清明日湛然居士題於別解之後

貫非熊修夫子廟疏

天產宣尼降季周血食千祀德難酬重新庠序獨無力
試向滄溟下釣鉤

孝義永安寺請余爲功德主因作疏

塵緣不盡淹鳳池而有年習氣難忘慕禪林而未暇適
遇昭公老子請作永安主人乞聞一聲何須再讓葛藤
舊案宛如馬耳之風松菊新堂便是終焉之計謹疏

請旭公禪師住應州寶宫寺疏

孫枝出自萬松中便好移來植寶宫覆蔭人天正今日不妨鼓動切前風

請文公庵主住玉山開堂出世疏

兒大做翁當仁不讓便請承當何須再勘

請嚴庵主住東堂出世疏

西堂棄東堂山東過山西禪師開狗口居士展驢蹄

請希庵主住晉祠奉聖寺開堂疏

晉祠山水冠人間好請希公向此閙飰了嵝頭三覺睡

逢人休說趙州關

請學庵主住翠微寺寶林寺開堂出世疏

金城元有翠微山寶刹禪林積歲閒笑請學公來頌略

一鈒游戲白雲間

請石州海秀首座住文水壽永寺疏

聞道霖師退壽寧秀公難弟亦難兄新詩遠寄石州去

貶起眉毛便好行　霖公寶沾秀法屬也

太原山開化寺灰燼之餘再新故宇請予為功

德主因作疏

竊以塵緣有數否則泰泰則亨聖道無窮變則通通則久惟開化之故刹實太原之名藍兵火以來刼灰而已住持人固有定老功德主乃請湛然良愍殷勤强為領略禪心佛語誰知教外别傳梵刹蓮宫更看無中唱出

謹疏

重修宣聖廟疏

精藍道觀已重新獨有庠宫尚墝垣試問中州士君子

誰人不識仲尼門

燕京大萬壽寺化水陸疏

竊以生死蒙恩便見法門不二怨親普濟始知檀度無私仰惟佛陀興悲爰自阿難張本欲啟無遮之大會必資有衆之良縁但肯同心便希垂手謹疏

請奥公禪師開堂疏五首

竊以深達大本何妨摘葉尋枝截斷衆流便是隨波逐浪欲整雲門窠窟必求佛覺兒孫伏惟奥公和尚道合

圓通法傳圓照逢人便出方爲禪子家風戀土難移未
是衲僧氣息謹疏
竊以轉身就父從來禪子家風借路還家好箇衲僧消
息伏惟奥公和尚受戒崇壽得法聖安未闡徽猷權棲
大覺因席就請何須特地人情准帖奉行折合這番公
案謹疏
竊以釋迦慳迦葉富無物與人奥公俏聖安憨慢藏誨
盜旣收鈍斧子不藉破皮鞋須要粧龍似龍何礙將錯

就錯拖將十字街裏便好投衙推來百尺竿頭更教進
步謹疏

竊以法海彌深曹水五流分派化風猶扇雲門一葉重
華輿公庵主透圓照之重關提圓通之正令善作降魔
相能談文字禪鬧裏刺頭最好逢人便出穩處下脚何
礙遇緣即宗謹疏

竊以當年嚼飯喂嬰兒聖安左錯今日把棒喚狗子居
士風顛你打開漆桶徹底承當我擘破面皮須要相見

橫榔栗木獨行正令莫壓弱倚强與旃檀佛共演梵音好攙行奪市謹疏

請湘公上人住持新院仍名興教寺者因作疏

寶刹成空隨刼灰而已滅精廬如聖逐化日而重新為國報恩可名興教赤軸黃卷且圖摘葉尋枝寶藏琅函何礙尋行數墨謹疏

德興府⿰山叚峪雲巖寺請東林老人住持疏

昔日山中養聖胎峪中松檜手親栽院荒松老無龍象

便請東林更一來公幼年嘗在此寺有手植松在焉

請柏巖儼公疏

良弼施宅創天寧却請天寧舊衲僧為報柏巖休遜讓

閑中續出祖師燈

邳州重修宣聖廟疏

宣尼萬世帝王師可嘆荊榛没古祠重整庠宮闡文教

顯觀日月再明時

安慶織萬佛疏

余自忝預政事以來懶為疏文恐物議挾勢故也安慶者工巧妙天下自刱新意織萬佛為施嘉其意因破戒作此疏云

十方三世萬如來不犯梭頭寶座開單手元知不成拍三臺須要大家擡

請聽公和尚住山陰縣復宿山疏世傳文殊顯化再宿於此山故得名

昔日文殊曾復宿當年聽老可重來公舊嘗住此山此山便是

真佛寍何必區區禮五臺

題萬壽寺碑陰

昔達摩西來禪宗大播門庭峻峭機變驟馳非世智辯聰所能曉也其與奪之間固有賓主抑揚之際不無權實其未具透關眼者豈免隨語注解之病哉香山俊公和尚受法於大明渠謂洞山之後偏正五位失其本意亦行權之語與同參榮公聞之果吞鉤餌俊公門人輩從而勒諸石遠發後世之一笑噫受師之道而反謗之

是自謗也何止自謗也曹山技子青州諸師之道皆不足法矣顧香山亦近世之豪邁者也忍為此事耶昔雲門拈世尊初生因緣云我當時若見一棒打殺與狗子喫瑯琊覺云雲門可謂將此身心奉塵刹是則名為報佛恩臨濟臨終謂三聖云誰知我正法眼藏向這瞎驢邊滅却至今法道大行是知宗門之語一擡一搦豈可以世間語言定其準的也哉若香山果無毀大明意後之子孫宜改覆車之轍不然則自有勝默老人之韻語

予手書於故碑之陰以為來者戒其辭曰燕俊與朔縈
齊足出大明俊趨住巨剎黨奮梟獍獰探抱洞山足逆
坋大明晴闐見弔澆季搦腕皆含情縈甘溺蘆甕掉尾
求羶腥曲助碑其言欺賊晚來誠我覽取諸譬譬彼秦
築城秦非不謀固無德秦亦傾上德無可德下德方紀
銘端然居上德非碑道亦行況聖不自會古德云其足聖人法聖人
不會其肯自矜盈修毋致子有反是而未聆目花只自見
耳聲約誰聽雖欲信天下未必同為聲不見三葉祖削

跡捨身名兒孫愈岳立史傳愈金鏗不見北宗下功勳石上爭期昌竟何昌千古掐論評俄慶柔基敗大明老師嘗記曰彼有黨僧必不得好嗣果敗於慶柔基三人也玷累斯文貞贇然寘虛堂徒表黨宗明

和公大禪師塔記

師本平水人俗姓段氏幼習儒業甫冠應經義舉因閱春秋左氏傳悟興衰之不常慨然投筆退居山林年二十棄俗出家禮平陽大慈雲寺僧宗言為師受戒披剃

頗習經論後聞教外别傳之㫖乃傾心焉遍謁諸方因緣不契師知萬松老人之聲價照映南北直抵燕然而見之居數載師資道契始獲容許人頗知之丙戌夏六月故勸農使王公爲功德主作大齋又嘗行省相公洎以下僚佐專使齎疏勸請開堂出世因住持大萬壽禪寺師素剛毅寡合未期退居漁陽之盤山報國寺建州元帥葛公權府朱公彈壓樊公聞師之名飛疏敦請辭不獲已杖錫北行詣建州梨花道院以塞其命未幾示

微疾移居閭山之崇福寺養病一日忽名門人普淨輩謂之曰生死去來猶空花水月何足為訝遂淨髮更衣端坐而屬後事乃作頌曰臨行一句當面不諱皓月清風不居正位頌畢右脇而寂師將順世有本寺傳戒大師臨謂之曰善為道路師笑而不答令衆且去勿諠衆皆出聞師咄一聲衆驚視之師已寂矣三日神色不變荼毗之日頗有祥異數州士民焚香拜禮者絡繹於路師俗壽四十六僧臘一十六其徒迎其靈骨藏於萬壽

祖塋之側噫師之處萬壽也每聞誦經之聲形不懌之色由是人皆譏之臨行之際命其徒諷尊勝呪者何哉殊不知大善知識臨機應物一抑一揚一奪一縱若珠之走盤千變萬化詎可以一途而測耶至於巨川海和尚平日亦行此令執相者諷之而謂毀梵行掠虛者讚之而謂無礙禪皆失之矣後之學者當以此為誡已丑之清明其徒屬余為記遂以所聞之語信筆記之湛然居士云

萬壽寺創建廚室上梁文

萬壽寺創建廚室浪著上梁文六首幸付工人輩歌之用光法席

拋梁東香積移來不犯功却笑維摩無手段但將盂飯到塵中

拋梁南底箇因緣最好參試問助緣多少衆前三三與後三三

拋梁西巧匠騎驢倒上梯四面無門何用鑁十方沒壁

不須泥

拋梁北柱石宛有擎天力欲摸此樣向諸方懺殺僧繇描不得

拋梁上手不傷材真大匠虛堂窮刼鎮叢林借與兒孫為榜樣

拋梁下聊倩般輸成大厦朝朝香飯供諸佛承事悉無空過者

茶榜

令辰齋退特為新堂頭奥公長老設茶一座聊表住持開堂陳謝之儀仍請知事大衆同垂光降者竊以箇中滋味誰是知音向上封題罕逢藻鑒伏惟新堂頭長老名超絶品價重諸方黄金碾畔洒微塵輸他三昧手碧玉甌中轟巨浪別是一家春睡鬼潛奔便使至人無夢湯聲徹發解教醉眼先醒諗老三杯莫作道理會盧公七椀且是仁義中雖然攏桶新陳不得顢頇甘苦便請大家下口且圖一衆開懷幸甚

約善長和詩戰書

余奉善長詩百韻仍乞光和渠謙益退讓以降啟見戲余亦戲作戰書以督之聊發一笑耳

維旃蒙協洽之歲三月甲午朔湛然謹致書於詩將善長先生幕府愚聞李杜齊名已有登壇之序元白並駕嘗興定霸之書在昔云然於今亦可既久陳於師旅宜一決於雄雌無約而和者必謀有備則所以亡患在德不在險雖粗聞於古語受降如受敵則為戒於兵家伏

惟善長先生冀北無雙斗南第一能投壺而講禮善橫槊而賦詩詞鋒折萬里之衝筆陣掃千人之敵將略多多而益辦雄才一一而難陳遇險韻而愈奇見大敵而倍勇君倡之而來挑戰我和之以為應兵方及交綏輒陳降啟前鋒少却尚未損於一毫勇氣未衰遂引退於三舍張羸師以誘我遺厚利以餌余曠日持久以老我師重幣甘言以驕我志深藏九地必發九天故示之以不能將攻我之所短儻弗遵於仁術勝亦非功茍不推

於至誠盟之何益此奚疑耳理亦灼然兵不戰而屈人可為上策心未服而納欵豈無詐謀若無先見之明徒貽後悔之誚是以載嚴文壁爰整詩兵比爾干立爾矛一乃心齊乃力文章燦爛依稀整整之旗聲律精嚴彷彿堂堂之陣乃一鼓而成列決再戰而立功顧天下之英雄惟使君與操嘆文章之微婉非夫子而誰竚待兵麈願聞金諾謹奉戰書以聞指不多及

寄萬松老人書

嗣法弟子從源頓首再拜師父丈室承手教諭及弟子有以儒治國以佛治心之語近乎破二作三屈佛道以狥儒情者此亦弟子之行權也教不云乎無為小乘人而説大乘法弟子亦謂舉世皆黄能任公之餌不足投也故以是語餌束教之庸儒為信道之漸焉雖然非屈佛道也是道不足以治心僅能治天下則固為道之餘滓矣戴經云欲治其國先正其心未有心正而天下不治者也是知治天下之道為治心之所兼耳普門示現

三十二應法華治世資生皆順正法豈非佛事門中不捨一法者歟孔子稱夷齊之賢求仁而得仁死而不怨後世行者難之又安知視生死如逆旅坐脫立亡乃衲僧之餘事耳且五善十戒人天之淺教父益慈子益孝不殺之仁不妄之信不化自行於八荒之外豈止有恥且格哉是知五常之道已為佛教之淺者兼而有之弟子且讓之以儒治國以佛治心庸儒已切齒謂弟子叛道忘本矣又安足以語大道哉又知稚川子尚以參禪

卜之立見其效師甞有頌試拈本分鉗鎚一下便知真假正謂此耳呵呵春深萬冀為道珍重區區不備

萬松老人萬壽語録序

余忝侍萬松老師謬承子印因遍閲諸派宗旨各有所長利出害隨法當爾耳雲門之宗悟者得之於緊峭迷者失之於識情臨濟之宗明者得之於峻拔迷者失之於莽鹵曹洞之宗智者得之於綿密愚者失之於廉纖獨萬松老人得大自在三昧決擇玄微全曹洞之血派

判斷語錄具雲門之善巧拈提公案備臨濟之機鋒為仰法眼之爐鞴兼而有之使學人不墮於識情莽鹵纖之病真間世之宗師也略舉中秋日為建州和長老圓寂上堂云有人問既是建州遷化為甚萬壽設齋師云此夜一輪滿清光何處無又問不是盡七百日又非周年大祥閒勘今日設齋師云月色四時好人心此夜偏衆中道長老座上誦中秋月詩佛法安在師云萬里此時同皎潔一年今夜最分明將此勝因用嚴和公覺

靈中秋玩月徹曉登樓直饒上生兜率西往淨方未必
有燕京蒸梨餶棗爆栗燒桃衆中道長老只解說食不
見有纖毫佛法師云謝子證明即且致爲甚中秋閉目
坐却道月無光有餘勝利迴向諸家檀信然軟蒸豆角
新煑雞頭葡萄駐顔西瓜止渴無邊功德難盡讃揚假
饒今夜天陰暗裏一般滋味忽若天晴月朗管定不索
點燈老師語録似此之類尤多不可遍舉且道五派中
是那一宗門風具眼者試辨看噫千載之下自有知音

乙未夏四月湛然居士漆水移剌楚材晉卿序於和林城

祭姪女淑卿文

維乙未之春三月二十六日叔湛然居士謹以蔬食清茗致祭於猶子舜婉淑卿之靈維靈冑出遼室支分太宗我考賢王夙植於令德吾兄按察載振於清風汝幼奉母訓長知父從禪理頗究儒學悉通稟鄭孃之標格有靈昭之心胸不食葷於笄年欲為尼於髙嵩德播人

口名達帝聽遣使求於故鄉有詔入於深宮守志持節
慎心飭躬垂及知命尚為嬰童古所未有来者孰同章
奏交掌名位日隆上謂之女學士人呼之官相公屢有
諫諍多所彌縫德殊辭輦之班功勝當熊之馮忽家亡
而國破嘆勢盡而途窮果全身而不辱示微疾而善終
正悟之名得之於空老徒悟之號乞之於髯翁信幻有
之非有知真空之不空來兮無跡去兮無蹤來無跡兮
出燕山之白雲去無蹤兮聳和林之青松明日灰飛煙

滅後天涯無處不相逢嗚呼哀哉伏惟尚饗

和林城建行宮上梁文

拋梁東萬里山川一望中靈沼靈臺未為比宸宮不日已成功

拋梁南一帶南山揖翠嵐創築和林建宮室鄭侯功業冠曹參

拋梁西碧海寒濤雪拍堤臣庶稱觴來上壽嵩呼拜舞一聲齊

抛梁北聖主守成能潤色明堂壯麗鎮龍沙萬世巍巍
威萬國
抛梁上棟宇施功遵大壯鳴鞘聲散翠華來五雲深處
瞻天仗
抛梁下柱石相資成大厦君臣鐘鼓樂清時喜見山陽
歸戰馬

為武川摩訶院創建佛牙塔疏

佛日增輝國政和靈牙有詔賜摩訶因風吹火何勞力

垂手同修窣堵波

湛然居士集卷十三

欽定四庫全書

湛然居士集卷十四

元　耶律楚材　撰

法語示猶子淑卿

汝自謂幼年嘗禮空禪師求名因書頌云父母未生前凝然一相圓釋迦猶不會迦葉豈能傳此語極妙且道汝作麼生會古昔以來有志師僧辭親出家尋師訪道千辛萬苦三二十年祇為此一段空刼以前大事尚有

未透脱者汝幼居閨閤久在掖庭未嘗用功叩參大善知識但博尋宗師語録徒增狂慧深背眞道賣弄滑頭於道何益所以古人道參須實參悟須實悟又云滿肚學來無用處閻王不要葛藤看眞良言也只如空老所書頌亦論父母未生前面目又道釋迦猶不會迦葉豈能傳此是何意趣若云釋迦不會能仁四十九年横説豎説貝藏琅函遍滿人間末後拈花以傳教外之旨且道此法從何而得若云迦葉無傳西天二十八祖東土

歷代諸師相傳之道自何而來若謂釋迦不會迦葉無傳這空禪師亦是佛祖兒孫寫此頌圖箇甚麼箇中關捩盡在此兩句不可不細參詳余今為汝透漏些子消息父母未生前老夫云水泄不通凝然一相圓老夫云針劄不入釋迦猶不會老夫云非思量處迦葉豈能傳老夫云識情難測父母未生前老夫云三更神世界凝然一相圓老夫云半夜鬼乾坤釋迦猶不會老夫云只許老胡知迦葉豈能傳老夫云直饒將來他亦不要父

母未生前老夫云頭圓象天凝然一相圓老夫云足方象地釋迦猶不會老夫云寒山撫掌迦葉豈能傳老夫云拾得呵呵老夫為汝横批豎判正用顛拈十字打開兩手分付了也一句子薦得可與佛祖為師一句子薦得可與人天為師一句子薦得自救不了閑中試定省看其或未明若到燕然問取萬松老子

潤之館於忘憂門下生徒乘駟渠徒步抵和林城有詩云破帽麻鞋布腿⿰衤朋强扶衰病且徒行

區區不道圖他甚一夜山妻駡到明余憐而和

之

踈笋籬邊正脫棚故山清處便宜行鏡湖他日應屬我

好向湖邊訪四明

贈景賢

茶鄰藥物成邪氣琴伴簫聲變鄭音可惜龍岡老居士

却將邪教汚真心

寄東林

東林已秀兩三枝覆蔭人天正此時貪向龍宮翻貝葉惱人不寄玉泉詩以來書云見閱藏經故有是語

寄萬壽潤公禪師

林泉人笑鳳凰枝我慕林泉嘆後時盼得人來問消息太平和尚又無詩

寄甘泉慧公和尚

東林枝勝桂林枝不惜甘泉濟旱時鐵額鋼頭含笑面可人能字更能詩

去歲秋獨余謁龍岡因彈秋水龍岡出山羊一雙以為贈渠笑曰已過價矣余愛客多設鹿尾漿泊今年上獵於秋山龍岡託以鹿尾可入藥籠得數十枚悉以遺余因録近和人詩數篇以相報仍作詩二絶為引

秋水清聲忽變商龍岡曾遺二山羊今年祇奉詩三首為報先生鹿尾漿

去歲山羊酬過價今年鹿尾不值錢龍岡藥物都竭底

只得髯翁詩數篇

和景賢贈鹿尾二絶

日暮長揚獵騎歸西風弓硬馬初肥今年鹿尾休嫌少
且喜君王不合圍

禁臠酷思濃鹿汁香蔬久厭小兒拳龍岡採得斑龍尾
一串穿來寄玉泉

中秋召景賢飲

中秋北海景棲棲好拚今宵醉似泥快請龍岡疾過我

與君同泛玉東西

請定公住大覺疏

龍龕寶藏照人寒奧老功成住聖安却請定公來領略

收拾香火禮旃檀

補大藏經板疏

十年天下滿兵埃可惜金文半刼灰欲析微塵出經卷

隨緣須動世間財

武川摩訶院刱建瑞像殿疏

郛人創刻旃檀像寺衆新修窣堵波兩段因縁非細事成功須仗大檀那

請奥公住崇壽院

泥湫昔日隠蟄龍一震重新大覺宫却請收雲歸舊壑晨昏香火禮師翁泥湫院圓通禪師真堂在焉

寄聖安澄老乞藥

登高迴首望燕山試道新詩怨聖安賺得護身符子去二年不寄大還丹

信之和余酬賈非熊三字韻見寄因再賡元韻以復之

鶢鶋徒羡大鵬南駑馬終須後褭驂至理猶删萬歸一庸儒剛説二生三透關活眼賺金屑戀土癡人宿草庵寄與雲川賢太守洗心滌慮請君參

惱人捷逕起終南虚忝沙堤相國驂幻術莫驚殷七七真筌誰識後三三家鄰荆水玉泉也宜栽竹緣在香山好結庵斫斷葛藤窠臼後閉家破具不須參

鴻雁翩翩自北南歸與何日駕歸驂潛龍在下宜初九即鹿無虞戒六三洛下好遊白傅寺濟源重覓侍中庵衰翁自揣何多幸昨夢齋中得罷參萬松老人住持大覺寺榜其齋曰昨夢

舊隱醫閭白霫南故山佳處好停驂貪嗔痴者元無一詩酒琴之樂有三菱芡香中横短艇松筠聲裏稱危庵有人問道來相訪一椀清茶不放參

雲漢遠寄新詩四十韻因和而謝之

兇爻符太一天相參文昌泛海難追蠡封留欲學良織
形伴珠玉朽木厠松樟直節心雖赤衰年鬢已蒼伴閒
居相府無德報君王草甲濡春雨葵心傾太陽大權歸
禁闕成算出巖廊自北王師發平南上策長皇朝將革
命亾國自頹綱漢水偏師渡長河一葦航股肱無敢惰
元首載歌康號令傳諸域英雄守四方大勲雖已集遺
命未嘗忘萬國來馳幣諸侯敬奉璋兆民涵舜德百郡
仰天光大有威如吉重乾體自强碩賢起編戶良將出

戎行太廟陳籩豆明堂服冕裳宋朝徽寢滅皇嫡久成
戕政亂人思變君愚自底亾右師潛入劒元子直臨襄
殺氣侵南斗長庚壯玉堂幽州之分弓猶藏寶玉劍未識干
將皇業超千古天威聳八荒元戎施虎略勇士展鷹揚
武繼元封跡文聯貞觀芳宮庭懸諫鼓帷幄上書囊佇
待卿雲見行觀丹鳳翔武文能迭用威德是相當多士
思登用遺賢肯退藏詩書搜鳥篆功業仰龍驤國用恒
無關民財苦不傷八音歌頌雅百戲屏優倡聖澤傳朝

露明刑肅暮霜永垂塵刼祚混一九州疆重任司鈞石
徵材匪棟梁思歸心似醉感愧淚如滂嚴子終辭漢黃
公合隱商窮通真有數憂樂實難量雖受千鍾禄何如
歸故鄉

德新先生惠然見寄佳製二十韻和而謝之

當年職都水曾不入其門德重文章傑年高道義尊雖
聞傳國士恨不識王孫韻語如蘇武離騷類屈原煙霞
供好句江海入雄吞意氣輕三傑才名冠八元著述歸

至賾議論探深源籍籍名雖重區區席不温家貧謁魯
肅國難避王敦北鄙來雲内西邉退吐蕃勉將嚴韻繼
不得細文論遠害雖君智全身亦聖恩大才宜應詔豪
氣傲司閽學識光先哲風流遺後昆莫尋三島客好謁
萬松軒六度真光發三毒妄影奔素絲忘染習古鏡去
塵昏爐上飛寒雪胸中洗熱煩到家渾不識得象固忘
言心月孤圓處澄澄泯六根

子鑄生朝潤之以詩為壽予因繼其韻以遺之

巖松傲歲寒枝榦騰千尺男兒若稽古功名垂竹帛我
祖東丹王施仁能善積我考文獻公清白遺四壁盛名
流萬世馨香光赫赫余生嘆不辰西域十年客貧困志
不渝未肯忘平昔昔日出燕然辰當攝提格鶉尾得鳳
毛續後余無責汝知學不學何啻雲泥隔為山虧一簣
龍門空點額遠襲周孔風近追顏孟跡優游禮樂方造
次仁義宅繼夜誦詩書廢時毋博奕勤惰分龍豬三十
成骨骼孜孜寢食廢安可忘朝夕行身謹而信於禮順

而撫祥麟具五蹄溟鵬全六翮爲人備五常奚憂仕與
謫成功不自滿始知謙受益慎毋忘此詩吾言真藥石
扈從旋師道過東勝秦師席上繼杜受之韻
去國十年久還鄉兩鬢皤三川猶梗澁百越正干戈東
勝城無恙西征事若何凭高吟望久尊酒酹長河
屏山居士鳴道集說序
屏山居士年二十有九閲復性書知李習之亦二十有
九參藥山而退著書大發感嘆日抵萬松老師深攻亟

擊宿稟生知一聞千悟注首楞嚴金剛般若贊釋迦文
達摩祖師夢語贅談翰墨佛事等數十萬言會三聖人
理性之學要終指歸佛祖而已江左道學倡於伊川昆
季和之者十有餘家涉獵釋老膚淺一二著鳴道集食
我園椹不見好音誣謗聖人聾瞽學者噫憑虛氣任私
情一讚一毀獨去獨取其如天下後世何屏山哀矜著
鳴道集説廓萬世之見聞正天下之性命發揮孔孟幽
隱不揚之道將攀附游龍騣騣乎吾佛所列五乘教中

人天乘之俗諦疆隅矣鳴道諸儒力排釋老擠陷韓歐之隘黨孰如屏山尊孔聖與釋老鼎峙耶諸方宗匠皆引屏山為入幕之賓鳴道諸儒鑽仰藩垣莫窺户牖輒肆浮議不亦僭乎余忝歷宗門堂室之奧懇為保證固非師心昧誠之黨如謂不然報惟影響耳屏山臨終出此書付敬鼎臣曰此吾末後把交之作也子其秘之當有賞音者鼎臣聞余購屏山書甚切不遠三數百里徒步之燕獻的稿於萬松老師轉致於予予覽而感泣者

累日昔余嘗見鳴道集甚不平之欲為書糾其蕪謬而
未暇豈竟屏山先我著鞭遂為序引以鍼江左書生膏
肓之病焉中原學士大夫有斯疾者亦可發藥矣甲午
孟冬十有五日湛然居士漆水移剌楚材晉卿序

用梁斗南韻

丁年學道道難成却得中原浪播名否德自慙調鼎鼐
微材不可典璣衡誰知東海潛姜望好向南陽起孔明
收拾琴書作歸計玉泉佳處老餘生

贈姪正卿

遼室東丹九葉芳曾陪劒珮侍明昌學書寫盡千林葉
習射能穿百步楊興廢人間戰白蟻榮枯枕上夢黄粱
故山咫尺宜歸去莫使因循三逕荒

寄張鳴道

張君宗派自留侯壯歲成名入士流一代詩聲如玉振
千鈞筆力挽銀鈎平山邂逅初青眼汴水伶仃已白頭
遥想荷花好時節故人吟倚仲宣樓

送省掾郭仲仁行

蘭省而今已預名還鄉衣錦也為榮遼陽榦事須詳悉
速駕星軺上玉京

送燕京高慶民行

國用繁多我政憂上章清選倅徵收好陪劉宴勤王事
早使錢如地上流

和趙庭玉子贄韻

萬里龍庭白草秋時時歸夢舊漁舟酌殘白酒難成醉

老盡黄華無限愁久識人心多厭政喜逢天下已歸劉
而今子入中州去莫惜寒梅寄隴頭

贈東平主事王玉

聖主方思治邉臣未奉行憑君達此意無得負蒼生

周敬之修夫子廟

天皇有意用吾儒四海欽風盡讀書可愛風流賢太守
天山𥫗起仲尼居

寄萬壽堂頭乞湖山

削玉剜瓊出自然依稀巖竇吐雲煙禪師手段掀山嶽
便好移來向玉泉

寄東林同參

東林屢有寄來詩忙裏何嘗報一辭豈是玉泉生吝惜
言無滋味不宜時

寄簡堂頭

巨川生下此村牛千百頭中祇一頭鼻孔撩天無主伴
不風流處也風流

寄孔雀便面奉萬松老師

風流彩扇出西州寄與白蓮老社頭遮日招風都不礙休從侍者索犀牛

答倪公故人

玉泉回報故人書問子參玄著意無且趂萬松鑪鞴熱疾忙索取護身符一作夜明符

送王璘行

天涯九日出龍沙冬後冬前却到家傀運功成須報我

好游天漢上浮槎

繼介丘穆景華韻

北海慵傾北海尊余懷為向景華伸奇才管葛堪為匹何事唐虞不得臣行道欲期丹鳳出忘機且與白鷗親龍庭萬里休辭遠六出奇書正賴陳

繼平陶張才美韻

才美風流自一時因風來寄湛然詩新朝制度知將近晚節功名未是遲識子固為天下士微君孰撫我民痍

援毫欲繼清新句笑我却無黄絹辭
德柔嘗許作雕鞍玉轡且數年矣作詩以督之
異物當時許晉卿幾年思渴動詩情龍庭風細沙堤軟
玉轡雕鞍正好行
卜鄰一絶寄鄭景賢
龍沙幽隱子真家自撥寒泉出淺沙我願卜鄰穹帳側
旋分清酌煑新茶
寄岳君索玉博山

玉鑪精巧若裁肪寄與髯翁也不妨古廟多年無氣息
直消一注返魂香

雲中重修宣聖廟疏

槐宫悉混玉石焚廟貌依然惟古雲須仗吾儕更修葺
休教盛世喪斯文

寄光祖

漁陽光祖冠當時筆法詞源我獨知君有家雞君自厭
為何偏愛玉泉詩

送德潤南行

燕然民庶久瘡痍摩撫瘡痍正此時暴吏猾胥諂君日

開緘三復味余詩

再和萬壽潤禪師書字韻五首

憂道

不肯參禪不讀書徒喧口鼓説真如未能即色明真色

只道無餘已有餘法眼彫殘浮海去為山寂寞少人知

一從三聖承當後季世寥寥無瞎驢

述懷

寶藏翻窮貝葉書方知真理本如如一心不動無生滅
萬古長空豈欠餘妙藥更靈難忌口長安雖貴不堪居
毛吞大海渾閒事誰訝瓢中出白驢

警世

看盡人間萬卷書校量佛法總難如本無妄疾剛尋藥
幸有回波好乞餘方丈名山真碧海含元古殿是皇居
行人半老家何在終日騎驢却覓驢

傷時

金馬門前數上書子虛新賦笑相如萬言警策才無敵
六國縱横智有餘千里兵車討姦宄五更朝馬候興居
功名賺得頭如雪不悞團團如磨驢

投老

囊裏瑶琴架上書箇中真味更何如伴閒美竹千竿許
養老田園二頃餘睡起焚香誦圓覺興來緩軫品幽居
宫音有夕陽半下山偏好吟入煙霞穩跨驢
比曲

贈景賢玉澗鳴泉琴

玉泉珍惜玉泉琴不遇高人不許心素軫四三排碧玉明徽六七粲黃金臨風好奏朝飛曲對月宜彈清夜吟

渠能彈雉朝飛清夜吟 贈與龍岡老居士須教下指便知音

丙申元日為景賢壽

龍沙一住二十年獨識龍岡鄭景賢詩筆饒君甘在後琴棋笑我强爭先冷官何啻廣文樂歸計猶存谷口田刼外壺天壽無量請公勤叩祖師禪

景賢作詩頗有思歸意因和元韻以勉之

我訪龍岡老珠璣咳唾間酒熟香馥馥琴滑水潺潺王吉河名中栽菊和林也有山但能心放下何處不安間

景賢名余飲以事不果翌日余訪景賢值出余開尊盡醉而歸留詩戲之

昨朝命我初無興今日尋君不在家不問主人都飲盡醉吟倒載黑氈車

和景賢名飲韻

書滿穹廬酒滿尊龍岡名我謝殷勤琴中別有無絃曲

醉裏開懷舉似君

丙申上元夜夢中偶得

超佛越祖透真空也與溈山説夢同面貌眼睛鼻孔裏

大千沙界一漚中

送門人劉德真征蜀

門弟遼陽劉德真剛直木訥近乎仁憐君粗有才學術

師我精通天地人今日從軍征兩蜀他時擁旆入三秦

三辰測驗須吾子創作天朝寶歷新

送門人劉復身征蜀

誠之識我二十年不讀經書不學禪誤爾儒冠好投筆逼人勲業可加鞭浣花溪畔春如畫濯錦江邊酒似川壯歲從軍真樂事鄧侯遺蠋勉爭先

趙州柏樹頌

古佛猶存舊道場庭前依舊柏蒼蒼莫誇諸州無此語禪林奔走錯商量

黄龍三關頌

我手何似佛手
稱頭斤兩須端的短少毫釐不可欺函關辨認合同券
未肯輕輕放過伊

我脚何似驢脚
行令如同車脚圓你三文後我三錢直饒到底分明是
也是當年鸚鵡禪

如何是上座生緣

只打野盤無寺宿不供糊口趂村齋上戶莫樁虛物力
僧司無得錯推排

和太原元大舉韻

䰟帝兒孫氣似龍而今飄泊困塵中君遊泉石初無悶
我秉鈞衡未有功元氏從來多慨慷并門自古出英雄
李唐名相沙堤在好與微之繼舊風

喜和林新居落成

登車憑軾我怡顔飽看和林一帶山新構幽齋堪偃息

不閒閒處得閒閒

題新居壁

舊隱西山五畝宮和林新院典刑同此齋喚省當年夢
白晝誰知是夢中

太原修夫子廟疏

并門連歲不年豐證父攘羊禮義空旣倒狂瀾扶不起
直須急手建庠宮

和林建佛寺疏

龍沙玄教未全行故築精藍近帝城須仗檀那垂手力

一輪佛日煥然明

湛然居士集卷十四

總校官進士臣程嘉謨
校對官編修臣朱　攸
謄録監生臣張德基

圖書在版編目（CIP）數據

湛然居士集 / (元) 耶律楚材撰. — 北京：中國書店, 2018.8
ISBN 978-7-5149-2105-2

Ⅰ. ①湛… Ⅱ. ①耶… Ⅲ. ①中國文學－古典文學－作品綜合集－元代 Ⅳ. ①I214.72

中國版本圖書館CIP數據核字(2018)第085114號

四庫全書·别集類

湛然居士集

作　　者　元·耶律楚材　撰
出版發行　中國書店
地　　址　北京市西城區琉璃廠東街一一五號
郵　　編　一〇〇〇五〇
印　　刷　山東潤聲印務有限公司
開　　本　730毫米×1130毫米　1/16
印　　張　34.5
版　　次　二〇一八年八月第一版第一次印刷
書　　號　ISBN 978-7-5149-2105-2
定　　價　一二八　元（全二册）